大活字本

吾輩は猫である 2

夏目漱石

ぺんで舎
Silver
シルバー文庫

（抄前）

「金田って人を知ってるか」と主人は無雑作に迷亭に聞く。「知ってるとも、金田さんは僕の伯父の友達だ。この間なんざ園遊会へおいでになった」と迷亭は真面目な返事をする。「へえ、君の伯父さんてえな誰だい」「牧山男爵さ」と迷亭はいよいよ真面目である。主人が何か云おうとして云わぬ先に、鼻子は急に向き直って迷亭の方を見る。迷亭は大島紬に古渡更紗（こわたりさらさ）か何か重ねてすましている。「おや、あなたが牧山様の――何でいらっしゃいますか、ちっとも存じませんで、はなはだ失礼を致しました。牧山様には始終御世話になると、宿で毎々御噂を致しております」と急に叮嚀な言葉使をして、おまけに御辞儀までする、迷亭は「へええ何、ハハハハ」と笑っている。主人はあっ気に取られて無言で二人を見ている。「たしか娘の縁辺の事につきましてもいろいろ牧山さまへ御心配を願いましたそうで……」「へえー、そうですか」とこればかりは迷亭にもちと唐突過ぎたと見えてちょっと魂消たような声を出す。「実は方々からくれくれと申し込はございますが、こちらの身分もあるものでございますから、滅多な所へも片付けられませんので……」「ごもっともで」と迷亭はようやく安心する。「それについて、あなたに伺おうと思って上がったんですがね」と鼻子は主人の方を見て急に存在（ぞんざい）な言葉に返る。「あなたの所へ水島寒月という男が度々上がるそうですが、あの人は全体どんな風な人でしょう」「寒月の事を聞いて、何にするんです」と主人は苦々しく云う。「やはり御令嬢の御婚儀上の関係で、寒月君の性行の一斑（いっぱん）を御承知になりたいという訳でしょう」と迷亭が気転を利かす。「それが伺えれば大変都合が宜しいのでございますが……」「それじゃ、御令嬢を寒月におやりになりたいとおっしゃるんで」「やりたいなんてえんじゃ無いんです」と鼻子は急に主人を参らせる。「ほかにもだんだん口が有るんですから、無理に貰っていただかないだって困りゃしません」「それじゃ寒月の事なんか聞かんでも好いでしょう」と主人も躍起となる。「しかし御隠しなさる訳もないでしょう」と鼻子も少々喧嘩腰になる。迷亭は双方の間に坐って、銀煙管を軍配団扇のように持って、心の裡（うち）で八卦よいやよいやと怒鳴っている。「じゃあ寒月の方で是非貰いたいとでも云ったのですか」と主人が正面から鉄砲を喰わせる。「貰いたいと云ったんじゃないんですけれども……」「貰いたいだろうと思っていらっしゃるんですか」と主人はこの婦人鉄砲に限ると覚ったらしい。「話しはそんなに運んでるんじゃありませんが――寒月さんだって満更嬉しくない事もないでしょう」と土俵際で持ち直す。「寒月が何かその御令嬢に恋着したというような事でもありますか」あるなら云って見ろと云う権幕で主人は反り返る。「まあ、そんな見当でしょうね」今度は主人の鉄砲が少しも功を奏しない。今まで面白気に行司気取りで見物していた迷亭も鼻子の一言に好奇心を挑撥（ちょうはつ）されたものと見えて、煙管を置いて前へ乗り出す。「寒月が御嬢さんに付け文でもしたんですか、こりゃ愉快だ、新年になって逸話がまた一つ殖えて話しの好材料になる」と一人で喜んでいる。「付け文じゃないんです、もっと烈しいんでさあ、御二人とも御承知じゃありませんか」と鼻子は乙にからまって来る。

「君知ってるか」と主人は狐付きのような顔をして迷亭に聞く。迷亭も馬鹿気た調子で「僕は知らん、知っていりゃ君だ」とつまらんところで謙遜する。

「いえ御両人共御存じの事ですよ」と鼻子だけ大得意である。「へえー」と御両人は一度に感じ入る。

「御忘れになったら私しから御話をしましょう。去年の暮向島の阿部さんの御屋敷で演奏会があって寒月さんも出掛けたじゃありませんか、その晩帰りに吾妻橋で何かあったでしょう——詳しい事は言いますまい、当人の御迷惑になるかも知れませんから——あれだけの証拠がありゃ充分だと思いますが、どんなものでしょう」と金剛石(ダイヤ)入りの指環の嵌った指を、膝の上へ併(なら)べて、つんと居ずまいを直す。偉大なる鼻がますます異彩を放って、迷亭も主人も有れども無きがごとき有様である。

主人は無論、さすがの迷亭もこの不意撃(ふいうち)には肝を抜かれたものと見えて、しばらくは呆然として瘧(おこり)の落ちた病人のように坐っていたが、驚愕の箍(たが)がゆるんでだんだん持前の本態に復すると共に、滑稽と云う感じが一度に吶喊(とっかん)してくる。両人は申し合せたごとく「ハハハハハ」と笑い崩れる。鼻子ばかりは少し当てがはずれて、この際笑うのははなはだ失礼だと両人を睨みつける。「あれが御嬢さんですか、なるほどこりゃいい、おっしゃる通りだ、ねえ苦沙弥君、全く寒月はお嬢さんを恋（おも）ってるに相違ないね……もう隠したってしようがないから白状しようじゃないか」「ウフン」と主人は云ったままである。「本当に御隠しなさってもいけませんよ、ちゃんと種は上ってるんですからね」と鼻子はまた得意になる。「こうなりゃ仕方がない。何でも寒月君に関する事実は御参考のために陳述するさ、おい苦沙弥君、君が主人だのに、そう、にやにや笑っていては埒があかんじゃないか、実に秘密というものは恐ろしいものだねえ。いくら隠しても、どこからか露見するからな。――しかし不思議と云えば不思議ですねえ、金田の奥さん、どうしてこの秘密を御探知になったんです、実に驚ろきますな」と迷亭は一人で喋舌（しゃべ）る。「私しの方だって、ぬかりはありませんやね」と鼻子はしたり顔をする。「あんまり、ぬかりが無さ過ぎるようですぜ。一体誰に御聞きになったんです」「じきこの裏にいる車屋の神さんからです」「あの黒猫のいる車屋ですか」と主人は眼を丸くする。「ええ、寒月さんの事じゃ、よっぽど使いましたよ。寒月さんが、ここへ来る度に、どんな話しをするかと思って車屋の神さんを頼んで一々知らせて貰うんです」「そりゃ苛（ひど）い」と主人は大きな声を出す。「なあに、あなたが何をなさろうとおっしゃろうと、それに構ってるんじゃないんです。寒月さんの事だけですよ」「寒月の事だって、誰の事だって――全体あの車屋の神さんは気に食わん奴だ」と主人は一人怒り出す。「しかしあなたの垣根のそとへ来て立っているのは向うの勝手じゃありませんか、話しが聞えてわるけりゃもっと小さい声でなさるか、もっと大きなうちへ御這入んなさるがいいでしょう」と鼻子は少しも赤面した様子がない。「車屋ばかりじゃありません。新道の二絃琴の師匠からも大分いろいろな事を聞いています」「寒月の事をですか」「寒月さんばかりの事じゃありません」と少し凄い事を云う。主人は恐れ入るかと思うと「あの師匠はいやに上品ぶって自分だけ人間らしい顔をしている、馬鹿野郎です」「憚り様、女ですよ。野郎は御門違いです」と鼻子の言葉使いはますます御里をあらわして来る。これではまるで喧嘩をしに来たようなものであるが、そこへ行くと迷亭はやはり迷亭でこの談判を面白そうに聞いている。鉄枴（てっかい）仙人が軍鶏（しゃも）の蹴合いを見るような顔をして平気で聞いている。

悪口の交換では到底鼻子の敵でないと自覚した主人は、しばらく沈黙を守るのやむを得ざるに至らしめられていたが、ようやく思い付いたか「あなたは寒月の方から御嬢さんに恋着したようにばかりおっしゃるが、私の聞いたんじゃ、少し違いますぜ、ねえ迷亭君」と迷亭の救いを求める。「うん、あの時の話しじゃ御嬢さんの方が、始め病気になって――何だか譫語（うわごと）をいったように聞いたね」「なにそんな事はありません」と金田夫人は判然たる直線流の言葉使いをする。「それでも寒月はたしかに○○博士の夫人から聞いたと云っていましたぜ」「それがこっちの手なんでさあ、○○博士の奥さんを頼んで寒月さんの気を引いて見たんでさあね」「○○の奥さんは、それを承知で引き受けたんですか」「ええ。引き受けて貰うたって、ただじゃ出来ませんやね、それやこれやでいろいろ物を使っているんですから」「是非寒月君の事を根掘り葉掘り御聞きにならなくっちゃ御帰りにならないと云う決心ですかね」と迷亭も少し気持を悪くしたと見えて、いつになく手障りのあらい言葉を使う。「いいや君、話したって損の行く事じゃなし、話そうじゃないか苦沙弥君――奥さん、私でも苦沙弥でも寒月君に関する事実で差支えのない事は、みんな話しますからね、――そう、順を立ててだんだん聞いて下さると都合がいいですね」

鼻子はようやく納得してそろそろ質問を呈出す

る。一時荒立てた言葉使いも迷亭に対してはまたもとのごとく叮嚀になる。「寒月さんも理学士だそうですが、全体どんな事を専門にしているのでございます」「大学院では地球の磁気の研究をやっています」と主人が真面目に答える。不幸にしてその意味が鼻子には分らんものだから「へえー」とは云ったが怪訝な顔をしている。「それを勉強すると博士になれましょうか」と聞く。「博士にならなければやれないとおっしゃるんですか」と主人は不愉快そうに尋ねる。「ええ。ただの学士じゃね、いくらでもありますからね」と鼻子は平気で答える。主人は迷亭を見ていよいよいやな顔をする。「博士になるかならんかは僕等も保証する事が出来んから、ほかの事を聞いていただく事にしよう」と迷亭もあまり好い機嫌ではない。「近頃でもその地球の——何かを勉強しているんでございましょうか」「二三日前は首縊りの力学と云う研究の結果を理学協会で演説しました」と主人は何の気も付かずに云う。「おやいやだ、首縊りだなんて、よっぽど変人ですねえ。そんな首縊りや何かやってたんじゃ、とても博士にはなれますまいね」「本人が首を縊っちゃあむずかしいですが、首縊りの力学なら成れないとも限らんです」「そうでしょうか」と今度は主人の方を見て顔色を窺う。悲しい事に力学と云う意味がわからんので落ちつきかねている。しかしこれしきの事を尋ねては金田夫人の面目に関すると思ってか、ただ相手の顔色で八卦を立てて見る。主人の顔は渋い。「そのほかになにか、分り易いものを勉強しておりますまいか」「そうですな、せんだって団栗（どんぐり）のスタビリチーを論じて併せて天体の運行に及ぶと云う論文を書いた事がありますす」「団栗なんぞでも大学校で勉強するものでしょうか」「さあ僕も素人だからよく分らんが、何しろ、寒月君がやるくらいなんだから、研究する価値があると見えますな」と迷亭はすまして冷かす。鼻子は学問上の質問は手に合わんと断念したものと見えて、今度は話題を転ずる。「御話は違いますが――この御正月に椎茸を食べて前歯を二枚折ったそうじゃございませんか」「ええその欠けたところに空也餅がくっ付いていましてね」と迷亭はこの質問こそ吾縄張内だと急に浮かれ出す。「色気のない人じゃございませんか、何だって楊子を使わないんでしょう」「今度逢ったら注意しておきましょう」と主人がくすくす笑う。「椎茸で歯がかけるくらいじゃ、よほど歯の性が悪いと思われますが、如何なものでしょう」「善いとは言われますまいな――ねえ迷亭」「善い事はないがちょっと愛嬌があるよ。あれぎり、まだ填（つ）めないところが妙だ。今だに空也餅引掛所（ひっかけどころ）になってるなあ奇観だぜ」「歯を填める小遣がないので欠けなりにしておくんですか、または物好きで欠けなりにしておくんでしょうか」「何も永く前歯欠成（かけなり）を名乗る訳でもないでしょうから御安心なさいよ」と迷亭の機嫌はだんだん回復してくる。鼻子はまた問題を改める。「何か御宅に手紙かなんぞ当人の書いたものでもございますならちょっと拝見したいもんでございますが」「端書なら沢山あります、御覧なさい」と主人は書斎から三四十枚持って来る。「そんなに沢山拝見しないでも――その内の二三枚だけ……」「どれどれ僕が好いのを撰（よ）ってやろう」と迷亭先生は「これなざあ面白いでしょう」と一枚の絵葉書を出す。「おや絵もかくんでございますか、なかなか器用ですね、どれ拝見しましょう」と眺めていたが「あらいやだ、狸だよ。何だって撰りに撰って狸なんぞかくんでしょうね――それでも狸と見えるから不思議だよ」と少し感心する。「その文句を読んで御覧なさい」と主人が笑いながら云う。鼻子は下女が新聞を読むように読み出す。「旧暦の歳の夜、山の狸が園遊会をやって盛に舞踏します。その歌に曰く、来いさ、としの夜で、御山婦美（おやまふみ）も来まいぞ。スッポコポンノポン」「何ですこりゃ、人を馬鹿にしているじゃございませんか」と鼻子は不平の体である。「この天女は御気に入りませんか」と迷亭がまた一枚出す。見ると天女が羽衣を着て琵琶を弾いている。「この天女の鼻が少し小さ過ぎるようですが」「何、それが人並ですよ、鼻より文句を読んで御覧なさい」文句にはこうある。「昔しある所に一人の天文学者がありました。ある夜いつものように高い台に登って、一心に星を見ていますと、空に美しい天女が現われ、この世では聞かれぬほどの微妙な音楽を奏し出したので、天文学者は身に沁む寒さも忘れて聞き惚れてしまいました。朝見るとその天文学者の死骸に霜が真白に降っていました。これは本当の噺だと、あのうそつきの爺やが申しました」「何の事ですこりゃ、意味も何もないじゃありませんか、これでも理学士で通るんですかね。ちっと文芸倶楽部でも読んだらよさそうなものですがねえ」と寒月君さんざんにやられる。迷亭は面白半分に「こりゃどうです」と三枚目を出す。今度は活版で帆懸舟が印刷してあって、例のごとくその下に何か書き散らしてある。「よべの泊りの十六小女郎（じゅうろくこじょろ）、親がないとて、荒磯（ありそ）の千鳥、さよの寝覚の千鳥に泣いた、親は船乗り波の底」「うまいのねえ、感心だ事、話せるじゃありませんか」「話せますかな」「ええこれなら三味線に乗りますよ」「三味線に乗りゃ本物だ。こりゃ如何です」と迷亭は無暗に出す。「いえ、もうこれだけ拝見すれば、ほかのは沢山で、そんなに野暮でないんだと云う事は分りましたから」と一人で合点している。鼻子はこれで寒月に関する大抵の質問を卒《お》えたものと見えて、「これははなはだ失礼を致しました。どうか私の参った事は寒月さんへは内々に願います」と得手勝手な要求をする。寒月の事は何でも聞かなければならないが、自分の方の事は一切寒月へ知らしてはならないと云う方針と見える。迷亭も主人も「はあ」と気のない返事をすると「いずれその内御礼は致しますから」と念を入れて言いながら立つ。見送りに出た両人が席へ返るや否や迷亭が「ありゃ何だい」と云うと主人も「ありゃ何だい」と双方から同じ問をかける。奥の部屋で細君が怺（こら）え切れなかったと見えてクツクツ笑う声が聞える。迷亭は大きな声を出して「奥さん奥さん、月並の標本が来ましたぜ。月並もあのくらいになるとなかなか振っていますなあ。さあ遠慮はいらんから、存分御笑いなさい」

主人は不満な口気（こうき）で「第一気に喰わん顔だ」と悪（にく）らしそうに云うと、迷亭はすぐ引きうけて「鼻が顔の中央に陣取って乙に構えているなあ」とあとを付ける。「しかも曲っていらあ」「少し猫背だね。猫背の鼻は、ちと奇抜過ぎる」と面白そうに笑う。「夫を剋（こく）する顔だ」と主人はなお口惜しそうである。「十九世紀で売れ残って、二十世紀で店曝（たなざら）しに逢うと云う相だ」と迷亭は妙な事ばかり云う。ところへ妻君が奥の間から出て来て、女だけに「あんまり悪口をおっしゃると、また車屋の神さんにいつけられますよ」と注意する。「少しいつける方が薬ですよ、奥さん」「しかし顔の讒訴（ざんそ）などをなさるのは、あまり下等ですわ、誰だって好んであんな鼻を持ってる訳でもありませんから――それに相手が婦人ですからね、あんまり苛いわ」と鼻子の鼻を弁護すると、同時に自分の容貌も間接に弁護しておく。「何ひどいものか、あんなのは婦人じゃやない、愚人だ、ねえ迷亭君」「愚人かも知れんが、なかなかえら者だ、大分引き掻かれたじゃないか」「全体教師を何と心得ているんだろう」「裏の車屋くらいに心得ているのさ。ああ云う人物に尊敬されるには博士になるに限るよ、一体博士になっておかんのが君の不了見さ、ねえ奥さん、そうでしょう」と迷亭は笑いながら細君を顧みる。「博士なんて到底駄目ですよ」と主人は細君にまで見離される。「これでも今になるかも知れん、軽蔑するな。貴様なぞは知るまいが昔しアイソクラチスと云う人は九十四歳で大著述をした。ソフォクリスが傑作を出して天下を驚かしたのは、ほとんど百歳の高齢だった。シモニジスは八十で妙詩を作った。おれだって……」「馬鹿馬鹿しいわ、あなたのような胃病でそんなに永く生きられるものですか」と細君はちゃんと主人の寿命を予算している。「失敬な、――甘木さんへ行って聞いて見ろ――元来御前がこんな皺苦茶（しわくちゃ）な黒木綿の羽織や、つぎだらけの着物を着せておくから、あんな女に馬鹿にされるんだ。あしたから迷亭の着ているような奴を着るから出しておけ」「出しておけって、あんな立派な御召（おめし）はござんせんわ。金田の奥さんが迷亭さんに叮嚀になったのは、伯父さんの名前を聞いてからですよ。着物の咎じゃございません」と細君うまく責任を逃がれる。

主人は伯父さんと云う言葉を聞いて急に思い出したように「君に伯父があると云う事は、今日始めて聞いた。今までついに噂をした事がないじゃないか、本当にあるのかい」と迷亭に聞く。迷亭は待ってたと云わぬばかりに「うんその伯父さ、その伯父が馬鹿に頑物(がんぶつ)でねえ——やはりその十九世紀から連綿と今日まで生き延びているんだがね」と主人夫婦を半々に見る。「オホホホホホ面白い事ばかりおっしゃって、どこに生きていらっしゃるんです」「静岡に生きてますがね、それがただ生きてるんじゃ無いです。頭にちょん髷を頂いて生きてるんだから恐縮しまさあ。帽子を被れってえと、おれはこの年になるが、まだ帽子を被るほど寒さを感じた事はないと威張ってるんです——寒いから、もっと寝ていらっしゃいと云うと、人間は四時間寝れば充分だ。四時間以上寝るのは贅沢の沙汰だって朝暗いうちから起きてくるんです。それでね、おれも睡眠時間を四時間に縮めるには、永年修業をしたもんだ、若いうちはどうしても眠たくていかなんだが、近頃に至って始めて随処任意の庶境（しょきょう）に入ってははなはだ嬉しいと自慢するんです。六十七になって寝られなくなるなあ当り前でさあ。修業も糸瓜も入ったものじゃないのに当人は全く克己の力で成功したと思ってるんですからね。それで外出する時には、きっと鉄扇をもって出るんですがね」「なにするんだい」「何にするんだか分らない、ただ持って出るんだね。まあステッキの代りくらいに考えてるかも知れんよ。ところがせんだって妙な事がありましてね」と今度は細君の方へ話しかける。「へえー」と細君が差し合（あい）のない返事をする。「此年の春突然手紙を寄こして山高帽子とフロックコートを至急送れと云うんです。ちょっと驚ろいたから、郵便で問い返したところが老人自身が着ると云う返事が来ました。二十三日に静岡で祝捷（しゅくしょう）会があるからそれまでに間に合うように、至急調達しろと云う命令なんです。ところがおかしいのは命令中にこうあるんです。帽子は好い加減な大きさのを買ってくれ、洋服も寸法を見計らって大丸へ注文してくれ……」「近頃は大丸でも洋服を仕立てるのかい」「なあに、先生、白木屋と間違えたんだあね」「寸法を見計ってくれたって無理じゃないか」「そこが伯父の伯父たるところさ」「どうした？」「仕方がないから見計らって送ってやった」「君も乱暴だな。それで間に合ったのかい」「まあ、どうにか、こうにかおっついたんだろう。国の新聞を見たら、当日牧山翁は珍らしくフロックコートにて、例の鉄扇を持ち……」「鉄扇だけは離さなかったと見えるね」「うん死んだら棺の中へ鉄扇だけは入れてやろうと思っているよ」「それでも帽子も洋服も、うまい具合に着られて善かった」「ところが大間違さ。僕も無事に行ってありがたいと思ってると、しばらくして国から小包が届いたから、何か礼でもくれた事と思って開けて見たら例の山高帽子さ、手紙が添えてあってね、せっかく御求め被下候（くだされそうら）えども少々大きく候間（そろあいだ）、帽子屋へ御遣わしの上、御縮め被下度候（くだされたくそろ）。縮め賃は小為替にて此方より御送可申上候（おんおくりもうしあぐべきそろ）とあるのさ」「なるほど迂闊だな」と主人は己れより迂潤なものの天下にある事を発見して大に満足の体に見える。やがて「それから、どうした」と聞く。「どうするったって仕方がないから僕が頂戴して被っていらあ」「あの帽子かあ」と主人がにやにや笑う。「その方が男爵でいらっしゃるんですか」と細君が不思議そうに尋ねる。「誰がです」「その鉄扇の伯父さまが」「なあに漢学者でさあ、若い時聖堂で朱子学か、何かにこり固まったものだから、電気灯の下で恭しくちょん髷を頂いているんです。仕方がありません」とやたらに顋（あご）を撫で廻す。「それでも君は、さっきの女に牧山男爵と云ったようだぜ」「そうおっしゃいましたよ、私も茶の間で聞いておりました」と細君もこれだけは主人の意見に同意する。「そうでしたかなアハハハハ」と迷亭は訳もなく笑う。「そりゃ嘘ですよ。僕に男爵の伯父がありゃ、今頃は局長くらいになっていまさあ」と平気なものである。「何だか変だと思った」と主人は嬉しそうな、心配そうな顔付をする。「あらまあ、よく真面目であんな嘘が付けますねえ。あなたもよっぽど法螺が御上手でいらっしゃる事」と細君は非常に感心する。「僕より、あの女の方が上わ手でさあ」「あなただって御負けなさる気遣いはありません」「しかし奥さん、僕の法螺は単なる法螺ですよ。あの女のは、みんな魂胆があって、曰（いわ）く付きの嘘ですぜ。たちが悪いです。猿智慧から割り出した術数と、天来の滑稽趣味と混同されちゃ、コメディーの神様も活眼の士なきを嘆ぜざるを得ざる訳に立ち至りますからな」主人は俯目（ふしめ）になって「どうだか」と云う。妻君は笑いながら「同じ事ですわ」と云う。

吾輩は今まで向う横丁へ足を踏み込んだ事はな

い。角屋敷の金田とは、どんな構えか見た事は無論ない。聞いた事さえ今が始めてである。主人の家で実業家が話頭に上った事は一返もないので、主人の飯を食う吾輩までがこの方面には単に無関係なるのみならず、はなはだ冷淡であった。しかるに先刻図らずも鼻子の訪問を受けて、余所ながらその談話を拝聴し、その令嬢の艶美（えんび）を想像し、またその富貴、権勢を思い浮べて見ると、猫ながら安閑として椽側に寝転んでいられなくなった。しかのみならず吾輩は寒月君に対してはなはだ同情の至りに堪えん。先方では博士の奥さんやら、車屋の神さんやら、二絃琴の天璋院まで買収して知らぬ間に、前歯の欠けたのさえ探偵しているのに、寒月君の方ではただニヤニヤして羽織の紐ばかり気にしているのは、いかに卒業したての理学士にせよ、あまり能がなさ過ぎる。と言って、ああ云う偉大な鼻を顔の中に安置している女の事だから、滅多な者では寄り付ける訳の者ではない。こう云う事件に関しては主人はむしろ無頓着でかつあまりに銭がなさ過ぎる。迷亭は銭に不自由はしないが、あんな偶然童子だから、寒月に援けを与える便宜は尠(すくな)かろう。して見ると可哀相なのは首縊りの力学を演説する先生ばかりとなる。吾輩でも奮発して、敵城へ乗り込んでその動静を偵察してやらなくては、あまり不公平である。吾輩は猫だけれど、エピクテタスを読んで机の上へ叩きつけるくらいな学者の家に寄寓する猫で、世間一般の痴猫（ちびょう）、愚猫（ぐびょう）とは少しく撰を殊にしている。この冒険をあえてするくらいの義侠心は固（もと）より尻尾の先に畳み込んである。何も寒月君に恩になったと云う訳もないが、これはただに個人のためにする血気躁狂（そうきょう）の沙汰ではない。大きく云えば公平を好み中庸を愛する天意を現実にする天晴な美挙だ。人の許諾を経ずして吾妻橋事件などを至る処に振り廻わす以上は、人の軒下に犬を忍ばして、その報道を得々として逢う人に吹聴する以上は、車夫、馬丁（ばてい）、無頼漢、ごろつき書生、日雇婆、産婆、妖婆、按摩、頓馬に至るまでを使用して国家有用の材に煩を及ぼして顧みざる以上は――猫にも覚悟がある。幸い天気も好い、霜解（しもどけ）は少々閉口するが道のためには一命もすてる。足の裏へ泥が着いて、椽側へ梅の花の印を押すくらいな事は、ただ御三の迷惑にはなるか知れんが、吾輩の苦痛とは申されない。翌日とも云わずこれから出掛けようとタオム精進の大決心を起して台所まで飛んで出たが「待てよ」と考えた。吾輩は猫として進化の極度に達しているのみならず、脳力の発達においてはあえて中学の三年生に劣らざるつもりであるが、悲しいかな咽喉の構造だけはどこまでも猫なので人間の言語が饒舌れない。よし首尾よく金田邸へ忍び込んで、充分敵の情勢を見届けたところで、肝心の寒月君に教えてやる訳に行かない。主人にも迷亭先生にも話せない。話せないとすれば土中にある金剛石の日を受けて光らぬと同じ事で、せっかくの智識も無用の長物となる。これは愚だ、やめようかしらんと上り口で佇んで見た。

しかし一度思い立った事を中途でやめるのは、白雨（ゆうだち）が来るかと待っている時黒雲共隣国へ通り過ぎたように、何となく残り惜い。それも非がこっちにあれば格別だが、いわゆる正義のため、人道のためなら、たとい無駄死をやるまでも進むのが、義務を知る男児の本懐であろう。無駄骨を折り、無駄足を汚すくらいは猫として適当のところである。猫と生れた因果で寒月、迷亭、苦沙弥諸先生と三寸の舌頭（ぜっとう）に相互の思想を交換する技倆（ぎりょう）はないが、猫だけに忍びの術は諸先生より達者である。他人の出来ぬ事を成就するのはそれ自身において愉快である。吾一箇でも、金田の内幕を知るのは、誰も知らぬより愉快である。人に告げられんでも人に知られているなと云う自覚を彼等に与うるだけが愉快である。こんなに愉快が続々出て来ては行かずにはいられない。やはり行く事に致そう。

向う横町へ来て見ると、聞いた通りの西洋館が角地面を吾物顔に占領している。この主人もこの西洋館のごとく傲慢に構えているんだろうと、門を這入ってその建築を眺めて見たがただ人を威圧しようと、二階作りが無意味に突っ立っているほかに何等の能もない構造であった。迷亭のいわゆる月並とはこれであろうか。玄関を右に見て、植込の中を通り抜けて、勝手口へ廻る。さすがに勝手は広い、苦沙弥先生の台所の十倍はたしかにある。せんだって日本新聞に詳しく書いてあった大隈伯（おおくまはく）の勝手にも劣るまいと思うくらい整然とぴかぴかしている。「模範勝手だな」と這入り込む。見ると漆喰で叩き上げた二坪ほどの土間に、例の車屋の神さんが立ちながら、御飯焚きと車夫を相手にしきりに何か弁じている。こいつは剣呑だと水桶の裏へかくれる。「あの教師あ、うちの旦那の名を知らないのかね」と飯焚が云う。「知らねえ事があるもんか、この界隈で金田さんの御屋敷を知らなけりゃ眼も耳もねえ片輪だあな」これは抱え車夫の声である。「なんとも云えないよ。あの教師と来たら、本よりほかに何にも知らない変人なんだからねえ。旦那の事を少しでも知ってりゃ恐れるかも知れないが、駄目だよ、自分の小供の歳さえ知らないんだもの」と神さんが云う。「金田さんでも恐れねえかな、厄介な唐変木だ。構あ事あねえ、みんなで威嚇（おど）かしてやろうじゃねえか」「それが好いよ。奥様の鼻が大き過ぎるの、顔が気に喰わないのって――そりゃあ酷い事を云うんだよ。自分の面（つら）あ今戸焼の狸見たような癖に――あれで一人前だと思っているんだから遣り切れないじゃないか」「顔ばかりじゃない、手拭を提げて湯に行くところからして、いやに高慢ちきじゃないか。自分くらいえらい者は無いつもりでいるんだよ」と苦沙弥先生は飯焚にも大に不人望である。「何でも大勢であいつの垣根の傍へ行って悪口をさんざんいってやるんだね」「そうしたらきっと恐れ入るよ」「しかしこっちの姿を見せちゃあ面白くねえから、声だけ聞かして、勉強の邪魔をした上に、出来るだけじらしてやれって、さっき奥様が言い付けておいでなすったぜ」「そりゃ分っているよ」と神さんは悪口の三分の一を引き受けると云う意味を示す。なるほどこの手合が苦沙弥先生を冷やかしに来るなと三人の横を、そっと通り抜けて奥へ這入る。

猫の足はあれども無きがごとし、どこを歩いても不器用な音のした試しがない。空を踏むがごとく、雲を行くがごとく、水中に磬（けい）を打つがごとく、洞裏（とうり）に瑟（しつ）を鼓するがごとく、醍醐の妙味を嘗（な）めて言詮（ごんせん）のほかに冷暖を自知するがごとし。月並な西洋館もなく、模範勝手もなく、車屋の神さんも、権助（ごんすけ）も、飯焚も、御嬢さまも、仲働きも、鼻子夫人も、夫人の旦那様もない。行きたいところへ行って聞きたい話を聞いて、舌を出し尻尾を掉（ふ）って、髭をぴんと立てて悠々と帰るのみである。ことに吾輩はこの道に掛けては日本一の堪能（かんのう）である。草双紙にある猫又の血脈を受けておりはせぬかと自ら疑うくらいである。蟇の額には夜光の明珠（めいしゅ）があると云うが、吾輩の尻尾には神祇釈教（しんぎしゃっきょう）恋無常は無論の事、満天下の人間を馬鹿にする一家相伝の妙薬が詰め込んである。金田家の廊下を人の知らぬ間に横行するくらいは、仁王様が心太を踏み潰すよりも容易である。この時吾輩は我ながら、わが力量に感服して、これも普段大事にする尻尾の御蔭だなと気が付いて見るとただ置かれない。吾輩の尊敬する尻尾大明神を礼拝してニャン運長久を祈らばやと、ちょっと低頭して見たが、どうも少し見当が違うようである。なるべく尻尾の方を見て三拝しなければならん。尻尾の方を見ようと身体を廻すと尻尾も自然と廻る。追付こうと思って首をねじると、尻尾も同じ間隔をとって、先へ馳け出す。なるほど天地玄黄（げんこう）を三寸裏（り）に収めるほどの霊物だけあって、到底吾輩の手に合わない、尻尾を環（めぐ）る事七度び半にして草臥（くたび）れたからやめにした。少々眼がくらむ。どこにいるのだかちょっと方角が分らなくなる。構うものかと滅茶苦茶にあるき廻る。障子の裏（うち）で鼻子の声がする。ここだと立ち留まって、左右の耳をはすに切って、息を凝らす。「貧乏教師の癖に生意気じゃありませんか」と例の金切り声を振り立てる。「うん、生意気な奴だ、ちと懲らしめのためにいじめてやろう。あの学校にゃ国のものもいるからな」「誰がいるの？」「津木ピン助や福地キシャゴがいるから、頼んでからかわしてやろう」吾輩は金田君の生国は分らんが、妙な名前の人間ばかり揃った所だと少々驚いた。金田君はなお語をついで、「あいつは英語の教師かい」と聞く。「はあ、車屋の神さんの話では英語のリードルか何か専門に教えるんだって云います」「どうせ碌な教師じゃあるめえ」あるめえにも尠なからず感心した。「この間ピン助に遇（あ）ったら、私の学校にゃ妙な奴がおります。生徒から先生番茶は英語で何と云いますと聞かれて、番茶はSavage tea であると真面目に答えたんで、教員間の物笑いとなっています、どうもあんな教員があるから、ほかのものの、迷惑になって困りますと云ったが、大方あいつの事だぜ」「あいつに極っていまさあ、そんな事を云いそうな面構えですよ、いやに髭なんか生やして」「怪(け)しからん奴だ」髭を生やして怪しからなければ猫などは一疋だって怪しかりようがない。「それにあの迷亭とか、へべれけとか云う奴は、まあ何てえ、頓狂な跳返りなんでしょう、伯父の牧山男爵だなんて、あんな顔に男爵の伯父なんざ、有るはずがないと思ったんですもの」「御前がどこの馬の骨だか分らんものの言う事を真に受けるのも悪い」「悪いって、あんまり人を馬鹿にし過ぎるじゃありませんか」と大変残念そうである。不思議な事には寒月君の事は一言半句も出ない。吾輩の忍んで来る前に評判記はすんだものか、またはすでに落第と事が極って念頭にないものか、その辺は懸念もあるが仕方がない。しばらく佇んでいると廊下を隔てて向うの座敷でベルの音がする。そらあすこにも何か事がある。後れぬ先に、とその方角へ歩を向ける。

　来て見ると女が独りで何か大声で話している。その声が鼻子とよく似ているところをもって推すと、これが即ち当家の令嬢寒月君をして未遂入水（じゅすい）をあえてせしめたる代物だろう。惜哉（おしいかな）障子越しで玉の御姿を拝する事が出来ない。従って顔の真中に大きな鼻を祭り込んでいるか、どうだか受合えない。しかし談話の模様から鼻息の荒いところなどを綜合して考えて見ると、満更人の注意を惹かぬ獅鼻（ししばな）とも思われない。女はしきりに喋舌っているが相手の声が少しも聞えないのは、噂にきく電話というものであろう。「御前は大和かい。明日ね、行くんだからね、鶉の三を取っておいておくれ、いいかえ――分ったかい――なに分らない？　おやいやだ。鶉の三を取るんだよ。――なんだって、――取れない？　取れないはずはない、とるんだよ――へへへへへ御冗談をだって――何が御冗談なんだよ

——いやに人をおひゃらかすよ。全体御前は誰だい。長吉だ？　長吉なんぞじゃ訳が分らない。お神さんに電話口へ出ろって御云いな——なに？　妾私しで何でも弁じます？——お前は失敬だよ。妾（あた）しを誰だか知ってるのかい。金田だよ。——へへへへへ善く存じておりますだって。ほんとに馬鹿だよこの人あ。——金田だってえばさ。——なに？——毎度御贔屓にあずかりましてありがとうございます？——何がありがたいんだね。御礼なんか聞きたかあないやね――おやまた笑ってるよ。お前はよっぽど愚物だね。――仰せの通りだって？――あんまり人を馬鹿にすると電話を切ってしまうよ。いいのかい。困らないのかよ――黙ってちゃ分らないじゃないか、何とか御云いなさいな」電話は長吉の方から切ったものか何の返事もないらしい。令嬢は癇癪を起してやけにベルをジャラジャラと廻す。足元で狆（ちん）が驚ろいて急に吠え出す。これは迂闊に出来ないと、急に飛び下りて椽の下へもぐり込む。

折柄廊下を近（ちかづ）く足音がして障子を開ける音がする。誰か来たなと一生懸命に聞いていると「御嬢様、旦那様と奥様が呼んでいらっしゃいます」と小間使らしい声がする。「知らないよ」と令嬢は剣突を食わせる。「ちょっと用があるから嬢を呼んで来いとおっしゃいました」「うるさいね、知らないてば」と令嬢は第二の剣突を食わせる。「……水島寒月さんの事で御用があるんだそうでございます」と小間使は気を利かして機嫌を直そうとする。「寒月でも、水月でも知らないんだよ――大嫌いだわ、糸瓜が戸迷（とまど）いをしたような顔をして」第三の剣突は、憐れなる寒月君が、留守中に頂戴する。「おや御前いつ束髪に結ったの」小間使はほっと一息ついて「今日（こんにち）」となるべく単簡（たんかん）な挨拶をする。「生意気だねえ、小間使の癖に」と第四の剣突を別方面から食わす。「そうして新しい半襟を掛けたじゃないか」

「へえ、せんだって御嬢様からいただきましたので、結構過ぎて勿体ないと思って行李の中へしまっておきましたが、今までのがあまり汚れましたからかけ易(か)えました」「いつ、そんなものを上げた事があるの」「この御正月、白木屋へいらっしゃいまして、御求め遊ばしたので――鶯茶へ相撲の番附を染め出したのでございます。妾しには地味過ぎていやだから御前に上げようとおっしゃった、あれでございます」「あらいやだ。善く似合うのね。にくらしいわ」「恐れ入ります」「褒めたんじゃない。にくらしいんだよ」「へえ」「そんなによく似合うものをなぜだまって貰ったんだい」「へえ」「御前にさえ、そのくらい似合うなら、妾（あた）しにだっておかしい事あないだろうじゃないか」「きっとよく御似合い遊ばします」「似あうのが分ってる癖になぜ黙っているんだい。そうしてすまして掛けているんだよ、人の悪い」剣突は留めどもなく連発される。このさき、事局はどう発展するかと謹聴している時、向うの座敷で「富子や、富子や」と大きな声で金田君が令嬢を呼ぶ。令嬢はやむを得ず「はい」と電話室を出て行く。吾輩より少し大きな狆が顔の中心に眼と口を引き集めたような面をして付いて行く。吾輩は例の忍び足で再び勝手から往来へ出て、急いで主人の家に帰る。探険はまず十二分の成績である。

帰って見ると、奇麗な家から急に汚ない所へ移ったので、何だか日当りの善い山の上から薄黒い洞窟の中へ入り込んだような心持ちがする。探険中は、ほかの事に気を奪われて部屋の装飾、襖、障子の具合などには眼も留らなかったが、わが住居の下等なるを感ずると同時に彼のいわゆる月並が恋しくなる。教師よりもやはり実業家がえらいように思われる。吾輩も少し変だと思って、例の尻尾に伺いを立てて見たら、その通りその通りと尻尾の先から御託宣があった。座敷へ這入って見ると驚いたのは迷亭先生まだ帰らない、巻煙草の吸い殻を蜂の巣のごとく火鉢の中へ突き立てて、大胡坐（おおあぐら）で何か話し立てている。いつの間にか寒月君さえ来ている。主人は手枕をして天井の雨洩（あまもり）を余念もなく眺めている。あいかわらず太平の逸民の会合である。

「寒月君、君の事を譫言（うわごと）にまで言った婦人の名は、当時秘密であったようだが、もう話しても善かろう」と迷亭がからかい出す。「御話しをしても、私だけに関する事なら差支えないんですが、先方の迷惑になる事ですから」「まだ駄目かなあ」「それに○○博士夫人に約束をしてしまったもんですから」「他言をしないと云う約束かね」「ええ」と寒月君は例のごとく羽織の紐をひねくる。その紐は売品にあるまじき紫色である。「その紐の色は、ちと天保調（てんぽうちょう）だな」と主人が寝ながら云う。主人は金田事件などには無頓着である。「そうさ、到底日露戦争時代のものではないな。陣笠に立葵の紋の付いたぶっ割き羽織でも着なくっちゃ納まりの付かない紐だ。織田信長が聟入（むこいり）をするとき頭の髪を茶筌に結ったと云うがその節用いたのは、たしかそんな紐だよ」と迷亭の文句はあいかわらず長い。「実際これは爺が長州征伐の時に用いたのです」と寒月君は真面目である。「もういい加減に博物館へでも献納してはどうだ。首縊りの力学の演者、理学士水島寒月君ともあろうものが、売れ残りの旗本のような出で立をするのはちと体面に関する訳だから」「御忠告の通りに致してもいいのですが、この紐が大変よく似合うと云ってくれる人もありますので――」「誰だい、そんな趣味のない事を云うのは」と主人は寝返りを打ちながら大きな声を出す。「それは御存じの方なんじゃないんで――」「御存じでなくてもいいや、一体誰だい」「去る女性なんです」「ハハハハハよほど茶人だなあ、当てて見ようか、やはり隅田川の底から君の名を呼んだ女なんだろう、その羽織を着てもう一返御駄仏（おだぶっ）を極め込んじゃどうだい」と迷亭が横合から飛び出す。「へへへへへもう水底から呼んではおりません。ここから乾の方角にあたる清浄な世界で……」「あんまり清浄でもなさそうだ、毒々しい鼻だぜ」「へえ？」と寒月は不審な顔をする。「向う横丁の鼻がさっき押しかけて来たんだよ、ここへ、実に僕等二人は驚いたよ、ねえ苦沙弥君」「うむ」と主人は寝ながら茶を飲む。「鼻って誰の事です」「君の親愛なる久遠の女性の御母堂様だ」「へえ―」「金田の妻という女が君の事を聞きに来たよ」と主人が真面目に説明してやる。驚くか、嬉しがるか、恥ずかしがるかと寒月君の様子を窺って見ると別段の事もない。例の通り静かな調子で「どうか私に、あの娘を貰ってくれと云う依頼なんでしょう」と、また紫の紐をひねくる。「ところが大違さ。その御母堂なるものが偉大なる鼻の所有主でね……」迷亭が半ば言い懸けると、主人が「おい君、僕はさっきから、あの鼻について俳体詩を考えているんだがね」と木に竹を接いだような事を云う。隣の室（へや）で妻君がくすくす笑い出す。「随分君も呑気だなあ出来たのかい」「少し出来た。第一句がこの顔に鼻祭りと云うのだ」「それから？」「次がこの鼻に神酒供えというのさ」「次の句は？」「まだそれぎりしか出来ておらん」「面白いですな」と寒月君がにやにや笑う。「次へ穴二つ幽かなりと付けちゃどうだ」と迷亭はすぐ出来る。すると寒月が「奥深く毛も見えずはいけますまいか」と各々出鱈目を並べていると、垣根に近く、往来で「今戸焼の狸今戸焼の狸」と四五人わいわい云う声がする。主人も迷亭もちょっと驚ろいて表の方を、垣の隙からすかして見ると「ワハハハハハ」と笑う声がして遠くへ散る足の音がする。「今戸焼の狸というな何だい」と迷亭が不思議そうに主人に聞く。「何だか分らん」と主人が答える。「なかなか振っていますな」と寒月君が批評を加える。迷亭は何を思い出したか急に立ち上って「吾輩は年来美学上の見地からこの鼻について研究した事がございますから、その一斑（いっぱん）を披瀝（ひれき）して、御両君の清聴を煩わしたいと思います」と演舌の真似をやる。主人はあまりの突然にぼんやりして無言のまま迷亭を見ている。寒月は「是非承りたいものです」と小声で云う。「いろいろ調べて見ましたが鼻の起源はどうも確と分りません。第一の不審は、もしこれを実用上の道具と仮定すれば穴が二つでたくさんである。何もこんなに横風(おうふう)に真中から突き出して見る必用がないのである。ところがどうしてだんだん御覧のごとく斯様(かよう)にせり出して参ったか」と自分の鼻を抓んで見せる。「あんまりせり出してもおらんじゃないか」と主人は御世辞のないところを云う。「とにかく引っ込んではおりませんからな。ただ二個の孔が併(なら)んでいる状体と混同なすっては、誤解を生ずるに至るかも計られませんから、予め御注意をしておきます。――

で愚見によりますと鼻の発達は吾々人間が鼻汁をかむと申す微細なる行為の結果が自然と蓄積してかく著明なる現象を呈出したものでございます」「佯（いつわ）りのない愚見だ」とまた主人が寸評を挿入する。「御承知の通り鼻汁をかむ時は、是非鼻を抓みます、鼻を抓んで、ことにこの局部だけに刺激を与えますと、進化論の大原則によって、この局部はこの刺激に応ずるがため他に比例して不相当な発達を致します。皮も自然堅くなります、肉も次第に硬くなります。ついに凝って骨となります」「それは少し――そう自由に肉が骨に一足飛に変化は出来ますまい」と理学士だけあって寒月君が抗議を申し込む。迷亭は何喰わぬ顔で陳べ続ける。「いや御不審はごもっともですが論より証拠この通り骨があるから仕方がありません。すでに骨が出来る。骨は出来ても鼻汁は出ますな。出ればかまずにはいられません。この作用で骨の左右が削り取られて細い高い隆起と変化して参ります――実に恐ろしい作用です。点滴の石を穿つがごとく、賓頭盧（びんずる）の頭が自から光明を放つがごとく、不思議薫（くん）不思議臭の喩のごとく、斯様に鼻筋が通って堅くなります」「それでも君のなんぞ、ぶくぶくだぜ」「演者自身の局部は回護の恐れがありますから、わざと論じません。かの金田の御母堂の持たせらるる鼻のごときは、もっとも発達せるもっとも偉大なる天下の珍品として御両君に紹介しておきたいと思います」

寒月君は思わずヒヤヒヤと云う。「しかし物も極度に達しますと偉観には相違ございませんが何となく怖しくて近づき難いものであります。あの鼻梁などは素晴しいには違いございませんが、少々峻嶮（しゅんけん）過ぎるかと思われます。古人のうちにてもソクラチス、ゴールドスミスもしくはサッカレーの鼻などは構造の上から云うと随分申し分はございましょうがその申し分のあるところに愛嬌がございます。鼻高きが故に貴からず、奇なるがために貴しとはこの故でもございましょうか。下世話にも鼻より団子と申しますれば美的価値から申しますとまず迷亭くらいのところが適当かと存じます」寒月と主人は「フフフ」と笑い出す。迷亭自身も愉快そうに笑う。「さてただ今まで弁じましたのは――」「先生弁じましたは少し講釈師のようで下品ですから、よしていただきましょう」と寒月君は先日の復讐をやる。「さようしからば顔を洗って出直しましょうかな。――ええ――

これから鼻と顔の権衡（けんこう）に一言論及したいと思います。他に関係なく単独に鼻論をやりますと、かの御母堂などはどこへ出しても恥ずかしからぬ鼻――鞍馬山で展覧会があっても恐らく一等賞だろうと思われるくらいな鼻を所有していらせられますが、悲しいかなあれは眼、口、その他の諸先生と何等の相談もなく出来上った鼻であります。ジュリアス・シーザーの鼻は大したものに相違ございません。しかしシーザーの鼻を鋏でちょん切って、当家の猫の顔へ安置したらどんな者でございましょうか。喩えにも猫の額と云うくらいな地面へ、英雄の鼻柱が突兀（とっこつ）として聳えたら、碁盤の上へ奈良の大仏を据え付けたようなもので、少しく比例を失するの極、その美的価値を落す事だろうと思います。御母堂の鼻はシーザーのそれのごとく、正しく英姿（えいし）颯爽たる隆起に相違ございません。しかしその周囲を囲繞（いにょう）する顔面的条件は如何な者でありましょう。無論当家の猫のごとく劣等ではない。しかし癲癇病みの御かめのごとく眉の根に八字を刻んで、細い眼を釣るし上げらるるのは事実であります。諸君、この顔にしてこの鼻ありと嘆ぜざるを得んではありませんか」迷亭の言葉が少し途切れる途端、裏の方で「まだ鼻の話しをしているんだよ。何てえ剛突く張だろう」と云う声が聞える。「車屋の神さんだ」と主人が迷亭に教えてやる。迷亭はまたやり初める。「計らざる裏手にあたって、新たに異性の傍聴者のある事を発見したのは演者の深く名誉と思うところであります。ことに宛転（えんてん）たる嬌音（きょうおん）をもって、乾燥なる講筵（こうえん）に一点の艶味（えんみ）を添えられたのは実に望外の幸福であります。なるべく通俗的に引き直して佳人淑女の眷顧（けんこ）に背かざらん事を期する訳でありますが、これからは少々力学上の問題に立ち入りますので、勢（いきおい）御婦人方には御分りにくいかも知れません、どうか御辛防を願います」寒月君は力学と云う語を聞いてまたにやにやする。「私の証拠立てようとするのは、この鼻とこの顔は到底調和しない。ツァイシングの黄金律を失していると云う事なんで、それを厳格に力学上の公式から演繹して御覧に入れようと云うのであります。まずHを鼻の高さとします。αは鼻と顔の平面の交叉より生ずる角度であります。Wは無論鼻の重量と御承知下さい。どうです大抵お分りになりましたか。……」「分るものか」と主人が云う。「寒月君はどうだい」「私にもちと分りかねますな」「そりゃ困ったな。苦沙弥はとにかく、君は理学士だから分るだろうと思ったのに。この式が演説の首脳なんだからこれを略しては今までやった甲斐がないのだが――まあ仕方がない。公式は略して結論だけ話そう」「結論があるか」と主人が不思議そうに聞く。「当り前さ結論のない演舌は、デザートのない西洋料理のようなものだ、――いいか両君能（よ）く聞き給え、これからが結論だぜ。――さて以上の公式にウィルヒョウ、ワイスマン諸家の説を参酌して考えて見ますと、先天的形体の遺伝は無論の事許さねばなりません。またこの形体に追陪（ついばい）して起る心意的状況は、たとい後天性は遺伝するものにあらずとの有力なる説あるにも関せず、ある程度までは必然の結果と認めねばなりません。従ってかくのごとく身分に不似合なる鼻の持主の生んだ子には、その鼻にも何か異状がある事と察せられます。寒月君などは、まだ年が御若いから金田令嬢の鼻の構造において特別の異状を認められんかも知れませんが、かかる遺伝は潜伏期の長いものでありますから、いつ何時気候の劇変と共に、急に発達して御母堂のそれのごとく、咄嗟の間に膨張するかも知れません、それ故にこの御婚儀は、迷亭の学理的論証によりますと、今の中御断念になった方が安全かと思われます、これには当家の御主人は無論の事、そこに寝ておらるる猫又殿にも御異存は無かろうと存じます」主人はようよう起き返って「そりゃ無論さ。あんなものの娘を誰が貰うものか。寒月君もらっちゃいかんよ」と大変熱心に主張する。吾輩もいささか賛成の意を表するためににゃーにゃーと二声ばかり鳴いて見せる。寒月君は別段騒いだ様子もなく「先生方の御意向がそうなら、私は断念してもいいんですが、もし当人がそれを気にして病気にでもなったら罪ですから――」「ハハハハハ艶罪と云う訳だ」主人だけは大にむきになって「そんな馬鹿があるものか、あいつの娘なら碌な者でないに極ってらあ。初めて人のうちへ来ておれをやり込めに掛った奴だ。傲慢な奴だ」と独りでぷんぷんする。するとまた垣根のそばで三四人が「ワハハハハハ」と云う声がする。一人が「高慢ちきな唐変木だ」と云うと一人が「もっと大きな家へ這入りてえだろう」と云う。また一人が「御気の毒だが、いくら威張ったって蔭弁慶（かげべんけい）だ」と大きな声をする。主人は椽側へ出て負けないような声で「やかましい、何だわざわざそんな塀の下へ来て」と怒鳴る。「ワハハハハハサヴェジ・チーだ、サヴェジ・チーだ」と口々に罵しる。主人は大に逆鱗の体で突然起ってステッキを持って、往来へ飛び出す。迷亭は手を拍って「面白い、やれやれ」と云う。寒月は羽織の紐を撚ってにやにやする。吾輩は主人のあとを付けて垣の崩れから往来へ出て見たら、真中に主人が手持無沙汰にステッキを突いて立っている。人通りは一人もない、ちょっと狐に抓まれた体である。

四

例によって金田邸へ忍び込む。

例によってとは今更解釈する必要もない。しばしばを自乗したほどの度合を示す語(ことば)である。一度やった事は二度やりたいもので、二度試みた事は三度試みたいのは人間にのみ限らるる好奇心ではない、猫といえどもこの心理的特権を有してこの世界に生れ出でたものと認定していただかねばならぬ。三度以上繰返す時始めて習慣なる語を冠せられて、この行為が生活上の必要と進化するのもまた人間と相違はない。何のために、かくまで足繁く金田邸へ通うのかと不審を起すならその前にちょっと人間に反問したい事がある。なぜ人間は口から煙を吸い込んで鼻から吐き出すのであるか、腹の足しにも血の道の薬にもならないものを、恥かし気もなく吐呑（とどん）して憚からざる以上は、吾輩が金田に出入するのを、あまり大きな声で咎め立てをして貰いたくない。金田邸は吾輩の煙草である。

忍び込むと云うと語弊がある、何だか泥棒か間男のようで聞き苦しい。吾輩が金田邸へ行くのは、招待こそ受けないが、決して鰹の切身をちょろまかしたり、眼鼻が顔の中心に痙攣的に密着している狆（ちん）君などと密談するためではない。――

何探偵？――もってのほかの事である。およそ世の中に何が賤しい家業だと云って探偵と高利貸ほど下等な職はないと思っている。なるほど寒月君のために猫にあるまじきほどの義侠心を起して、一度は金田家の動静を余所ながら窺った事はあるが、それはただの一遍で、その後は決して猫の良心に恥ずるような陋劣（ろうれつ）な振舞を致した事はない。――そんなら、なぜ忍び込むと云うような胡乱（うろん）な文字を使用した？――さあ、それがすこぶる意味のある事だて。元来吾輩の考によると大空は万物を覆うため大地は万物を載せるために出来ている――いかに執拗な議論を好む人間でもこの事実を否定する訳には行くまい。さてこの大空大地を製造するために彼等人類はどのくらいの労力を費やしているかと云うと尺寸（せきすん）の手伝もしておらぬではないか。自分が製造しておらぬものを自分の所有と極める法はなかろう。自分の所有と極めても差し支えないが他の出入を禁ずる理由はあるまい。この茫々たる大地を、小賢しくも垣を囲（めぐ）らし棒杭を立てて某々所有地などと劃（かく）し限るのはあたかもかの蒼天に縄張して、この部分は我の天、あの部分は彼の天と届け出るような者だ。もし土地を切り刻んで一坪いくらの所有権を売買するなら我等が呼吸する空気を一尺立方に割って切売をしても善い訳である。空気の切売が出来ず、空の縄張が不当なら地面の私有も不合理ではないか。如是観によりて、如是法を信じている吾輩はそれだからどこへでも這入って行く。もっとも行きたくない処へは行かぬが、志す方角へは東西南北の差別は入らぬ、平気な顔をして、のそのそと参る。金田ごときものに遠慮をする訳がない。――しかし猫の悲しさは力ずくでは到底人間には叶わない。強勢は権利なりとの格言さえあるこの浮世に存在する以上は、いかにこっちに道理があっても猫の議論は通らない。無理に通そうとすると車屋の黒のごとく不意に肴屋の天秤棒を喰う恐れがある。理はこっちにあるが権力は向うにあると云う場合に、理を曲げて一も二もなく屈従するか、または権力の目を掠めて我理を貫くかと云えば、吾輩は無論後者を択ぶのである。天秤棒は避けざるべからざるが故に、忍ばざるべからず。人の邸内へは這入り込んで差支えなき故込まざるを得ず。この故に吾輩は金田邸へ忍び込むのである。

忍び込む度が重なるにつけ、探偵をする気はないが自然金田君一家の事情が見たくもない吾輩の眼に映じて覚えたくもない吾輩の脳裏に印象を留むるに至るのはやむを得ない。鼻子夫人が顔を洗うたんびに念を入れて鼻だけ拭く事や、富子令嬢が阿倍川餅を無暗に召し上がらるる事や、それから金田君自身が――金田君は妻君に似合わず鼻の低い男である。単に鼻のみではない、顔全体が低い。小供の時分喧嘩をして、餓鬼大将のために頸筋を捉まえられて、うんと精一杯に土塀へ圧し付けられた時の顔が四十年後の今日まで、因果をなしておりはせぬかと怪（あやし）まるるくらい平坦な顔である。至極穏かで危険のない顔には相違ないが、何となく変化に乏しい。いくら怒っても平かな顔である。――その金田君が鮪の刺身を食って自分で自分の禿頭（はげあたま）をぴちゃぴちゃ叩く事や、それから顔が低いばかりでなく背が低いので、無暗に高い帽子と高い下駄を穿く事や、それを車夫がおかしがって書生に話す事や、書生がなるほど君の観察は機敏だと感心する事や、――一々数え切れない。

近頃は勝手口の横を庭へ通り抜けて、築山の陰から向うを見渡して障子が立て切って物静かであるなと見極めがつくと、徐々（そろそろ）上り込む。もし人声が賑かであるか、座敷から見透かさるる恐れがあると思えば池を東へ廻って雪隠の横から知らぬ間に椽の下へ出る。悪い事をした覚（おぼえ）はないから何も隠れる事も、恐れる事もないのだが、そこが人間と云う無法者に逢っては不運と諦めるより仕方がないので、もし世間が熊坂長範（ちょうはん）ばかりになったらいかなる盛徳の君子もやはり吾輩のような態度に出ずるであろう。金田君は堂々たる実業家であるから固（もと）より熊坂長範のように五尺三寸を振り廻す気遣はあるまいが、承る処によれば人を人と思わぬ病気があるそうである。人を人と思わないくらいなら猫を猫とも思うまい。して見れば猫たるものはいかなる盛徳の猫でも彼の邸内で決して油断は出来ぬ訳である。しかしその油断の出来ぬところが吾輩にはちょっと面白いので、吾輩がかくまでに金田家の門を出入するのも、ただこの危険が冒して見たいばかりかも知れぬ。それは追って篤（とく）と考えた上、猫の脳裏を残りなく解剖し得た時改めて御吹聴仕（つかまつ）ろう。

今日はどんな模様だなと、例の築山の芝生の上に顋を押しつけて前面を見渡すと十五畳の客間を弥生の春に明け放って、中には金田夫婦と一人の来客との御話最中である。生憎鼻子夫人の鼻がこっちを向いて池越しに吾輩の額の上を正面から睨め付けている。鼻に睨まれたのは生れて今日が始めてである。金田君は幸い横顔を向けて客と相対しているから例の平坦な部分は半分かくれて見えぬが、その代り鼻の在所（ありか）が判然しない。ただ胡麻塩色の口髯が好い加減な所から乱雑に茂生しているので、あの上に孔が二つあるはずだと結論だけは苦もなく出来る。春風もああ云う滑かな顔ばかり吹いていたら定めて楽だろうと、ついでながら想像を逞しゅうして見た。御客さんは三人の中で一番普通な容貌を有している。ただし普通なだけに、これぞと取り立てて紹介するに足るような雑作（ぞうさく）は一つもない。普通と云うと結構なようだが、普通の極平凡の堂に上り、庸俗の室に入ったのはむしろ憫然（びんぜん）の至りだ。かかる無意味な面構（つらがまえ）を有すべき宿命を帯びて明治の昭代（しょうだい）に生れて来たのは誰だろう。例のごとく椽の下まで行ってその談話を承わらなくては分らぬ。

「……それで妻がわざわざあの男の所まで出掛けて行って容子（ようす）を聞いたんだがね……」と金田君は例のごとく横風な言葉使である。横風ではあるが毫も峻嶮（しゅんけん）なところがない。言語も彼の顔面のごとく平板尨大（ぼうだい）である。

「なるほどあの男が水島さんを教えた事がございますので――なるほど、よい御思い付きで――なるほど」となるほどずくめのは御客さんである。

「ところが何だか要領を得んので」

「ええ苦沙弥じゃ要領を得ない訳で――あの男は私がいっしょに下宿をしている時分から実に煮え切らない――そりゃ御困りでございましたろう」

と御客さんは鼻子夫人の方を向く。

「困るの、困らないのってあなた、私しゃこの年になるまで人のうちへ行って、あんな不取扱を受けた事はありゃしません」と鼻子は例によって鼻嵐を吹く。

「何か無礼な事でも申しましたか、昔しから頑固な性分で――何しろ十年一日のごとくリードル専門の教師をしているのでも大体御分りになりましょう」と御客さんは体よく調子を合せている。

「いや御話しにもならんくらいで、妻が何か聞くとまるで剣もほろろの挨拶だそうで……」

「それは怪しからん訳で――一体少し学問をしているとかく慢心が萌すもので、その上貧乏をすると負け惜しみが出ますから――いえ世の中には随分無法な奴がおりますよ。自分の働きのないのにゃ気が付かないで、無暗に財産のあるものに喰って掛るなんてえのが――まるで彼等の財産でも捲き上げたような気分ですから驚きますよ、あははは」と御客さんは大恐悦の体である。

「いや、まことに言語同断で、ああ云うのは必竟

（ひっきょう）世間見ずの我儘から起るのだから、ちっと懲らしめのためにいじめてやるが好かろうと思って、少し当ってやったよ」

「なるほどそれでは大分答えましたろう、全く本人のためにもなる事ですから」と御客さんはいかなる当り方か承らぬ先からすでに金田君に同意している。

「ところが鈴木さん、まあなんて頑固な男なんでしょう。学校へ出ても福地さんや、津木さんには口も利かないんだそうです。恐れ入って黙っているのかと思ったらこの間は罪もない、宅の書生をステッキを持って追っ懸けたってんです――三十面さげて、よく、まあ、そんな馬鹿な真似が出来たもんじゃありませんか、全くやけで少し気が変になってるんですよ」

「へえどうしてまたそんな乱暴な事をやったんで……」とこれには、さすがの御客さんも少し不審を起したと見える。

「なあに、ただあの男の前を何とか云って通ったんだそうです、すると、いきなり、ステッキを持って跣足（はだし）で飛び出して来たんだそうです。よしんば、ちっとやそっと、何か云ったって小供じゃありませんか、髯面の大僧（おおぞう）の癖にしかも教師じゃありませんか」

「さよう教師ですからな」と御客さんが云うと、金田君も「教師だからな」と云う。教師たる以上はいかなる侮辱を受けても木像のようにおとなしくしておらねばならぬとはこの三人の期せずして一致した論点と見える。

「それに、あの迷亭って男はよっぽどな酔興人(すいきょうじん)ですね。役にも立たない嘘八百を並べ立てて。私しゃあんな変梃な人にゃ初めて逢いましたよ」

「ああ迷亭ですか、あいかわらず法螺を吹くと見えますすね。やはり苦沙弥の所で御逢いになったんですか。あれに掛っちゃたまりません。あれも昔し自炊の仲間でしたがあんまり人を馬鹿にするものですから能く喧嘩をしましたよ」

「誰だって怒りまさあね、あんなじゃ。そりゃ嘘をつくのも宜うござんしょうさ、ね、義理が悪るいとか、ばつを合せなくっちゃあならないとか――そんな時には誰しも心にない事を云うもんでさあ。しかしあの男のは吐かなくってすむのに矢鱈に吐くんだから始末に了(お)えないじゃありませんか。何が欲しくって、あんな出鱈目を――よくまあ、しらじらしく云えると思いますよ」

「ごもっともで、全く道楽からくる嘘だから困ります」

「せっかくあなた真面目に聞きに行った水島の事も滅茶滅茶になってしまいました。私ゃ剛腹で忌々しくって――それでも義理は義理でさあ、人のうちへ物を聞きに行って知らん顔の半兵衛もあんまりですから、後で車夫にビールを一ダース持たせてやったんです。ところがあなたどうでしょう。こんなものを受取る理由がない、持って帰れって云うんだそうで。いえ御礼だから、どうか御取り下さいって車夫が云ったら——悪（に）くいじゃありませんか、俺はジャムは毎日舐めるがビールのような苦い者は飲んだ事がないって、ふいと奥へ這入ってしまったって——言い草に事を欠いて、まあどうでしょう、失礼じゃありませんか」

「そりゃ、ひどい」と御客さんも今度は本気に苛（ひど）いと感じたらしい。

「そこで今日わざわざ君を招いたのだがね」としばらく途切れて金田君の声が聞える。「そんな馬鹿者は陰から、からかってさえいればすむようなものの、少々それでも困る事があるじゃて……」と鮪の刺身を食う時のごとく禿頭をぴちゃぴちゃ叩く。もっとも吾輩は椽の下にいるから実際叩いたか叩かないか見えようはずがないが、この禿頭の音は近来大分聞馴れている。比丘尼（びくに）が木魚の音を聞き分けるごとく、椽の下からでも音さえたしかであればすぐ禿頭だなと出所を鑑定する事が出来る。「そこでちょっと君を煩わしたいと思ってな……」

「私に出来ます事なら何でも御遠慮なくどうか——今度東京勤務と云う事になりましたのも全くいろいろ御心配を掛けた結果にほかならん訳でありますから」と御客さんは快よく金田君の依頼を承諾する。この口調で見るとこの御客さんはやはり金田君の世話になる人と見える。いやだんだん事件が面白く発展してくるな、今日はあまり天気が宜いので、来る気もなしに来たのであるが、こう云う好材料を得ようとは全く思い掛けなんだ。御彼岸にお寺詣りをして偶然方丈で牡丹餅の御馳走になるような者だ。金田君はどんな事を客人に依頼するかなと、椽の下から耳を澄して聞いている。

「あの苦沙弥と云う変物が、どう云う訳か水島に入れ智慧をするので、あの金田の娘を貰っては行かんなどとほのめかすそうだ――なあ鼻子そうだな」

「ほのめかすどころじゃないんです。あんな奴の娘を貰う馬鹿がどこの国にあるものか、寒月君決して貰っちゃいかんよって云うんです」

「あんな奴とは何だ失敬な、そんな乱暴な事を云ったのか」

「云ったどころじゃありません、ちゃんと車屋の神さんが知らせに来てくれたんです」

「鈴木君どうだい、御聞の通りの次第さ、随分厄介だろうが？」

「困りますね、ほかの事と違って、こう云う事には他人が妄（みだ）りに容喙するべきはずの者ではありませんからな。そのくらいな事はいかな苦沙弥でも心得ているはずですが。一体どうした訳なんでしょう」

「それでの、君は学生時代から苦沙弥と同宿をしていて、今はとにかく、昔は親密な間柄であったそうだから御依頼するのだが、君当人に逢ってな、よく利害を諭して見てくれんか。何か怒っているかも知れんが、怒るのは向が悪るいからで、先方がおとなしくしてさえいれば一身上の便宜も充分計ってやるし、気に障わるような事もやめてやる。しかし向が向ならこっちもこっちと云う気になるからな――つまりそんな我を張るのは当人の損だからな」

「ええ全くおっしゃる通り愚な抵抗をするのは本人の損になるばかりで何の益もない事ですから、

善く申し聞けましょう」

「それから娘はいろいろと申し込もある事だから、必ず水島にやると極（き）める訳にも行かんが、だんだん聞いて見ると学問も人物も悪くもないようだから、もし当人が勉強して近い内に博士にでもなったらあるいはもらう事が出来るかも知れんくらいはそれとなくほのめかしても構わん」

「そう云ってやったら当人も励みになって勉強する事でしょう。宜しゅうございます」

「それから、あの妙な事だが――水島にも似合わん事だと思うが、あの変物の苦沙弥を先生先生と云って苦沙弥の云う事は大抵聞く様子だから困る。なにそりゃ何も水島に限る訳では無論ないのだから苦沙弥が何と云って邪魔をしようと、わしの方は別に差支えもせんが……」

「水島さんが可哀そうですからね」と鼻子夫人が口を出す。

「水島と云う人には逢った事もございませんが、

とにかくこちらと御縁組が出来れば生涯の幸福で、本人は無論異存はないのでしょう」

「ええ水島さんは貰いたがっているんですが、苦沙弥だの迷亭だのって変り者が何だとか、かんだとか云うものですから」

「そりゃ、善くない事で、相当の教育のあるものにも似合わん所作ですな。よく私が苦沙弥の所へ参って談じましょう」

「ああ、どうか、御面倒でも、一つ願いたい。それから実は水島の事も苦沙弥が一番詳しいのだがせんだって妻が行った時は今の始末で碌々聞く事も出来なかった訳だから、君から今一応本人の性行学才等をよく聞いて貰いたいて」

「かしこまりました。今日は土曜ですからこれから廻ったら、もう帰っておりましょう。近頃はどこに住んでおりますか知らん」

「ここの前を右へ突き当って、左へ一丁ばかり行くと崩れかかった黒塀のあるうちです」と鼻子が教える。

「それじゃ、つい近所ですな。訳はありません。帰りにちょっと寄って見ましょう。なあに、大体分りましょう標札を見れば」

「標札はあるときと、ないときとありますよ。名刺を御饌粒（ごせんつぶ）で門へ貼り付けるのでしょう。雨がふると剥がれてしまいましょう。すると御天気の日にまた貼り付けるのです。だから標札は当にゃなりませんよ。あんな面倒臭い事をするよりせめて木札でも懸けたらよさそうなもんですがねえ。ほんとうにどこまでも気の知れない人ですよ」

「どうも驚きますな。しかし崩れた黒塀のうちと聞いたら大概分るでしょう」

「ええあんな汚ないうちは町内に一軒しかないから、すぐ分りますよ。あ、そうそうそれで分らなければ、好い事がある。何でも屋根に草が生えたうちを探して行けば間違っこありませんよ」

「よほど特色のある家ですなアハハハハ」

鈴木君が御光来になる前に帰らないと、少し都合が悪い。談話もこれだけ聞けば大丈夫沢山である。椽の下を伝わって雪隠を西へ廻って築山の陰から往来へ出て、急ぎ足で屋根に草の生えているうちへ帰って来て何喰わぬ顔をして座敷の椽へ廻る。

主人は椽側へ白毛布を敷いて、腹這になって麗かな春日に甲羅を干している。太陽の光線は存外公平なもので屋根にペンペン草の目標のある陋屋（ろうおく）でも、金田君の客間のごとく陽気に暖かそうであるが、気の毒な事には毛布だけが春らしくない。製造元では白のつもりで織り出して、唐物屋でも白の気で売り捌いたのみならず、主人も白と云う注文で買って来たのであるが――何しろ十二三年以前の事だから白の時代はとくに通り越してただ今は濃灰色なる変色の時期に遭遇しつつある。この時期を経過して他の暗黒色に化けるまで毛布の命が続くかどうだかは、疑問である。今でもすでに万遍なく擦り切れて、竪横の筋は明かに読まれるくらいだから、毛布（ケット）と称するのはもはや僭上（せんじょう）の沙汰であって、毛の字は省いて単にットとでも申すのが適当である。しかし主人の考えでは一年持ち、二年持ち、五年持ち十年持った以上は生涯持たねばならぬと思っているらしい。随分呑気な事である。さてその因縁のある毛布の上へ前申す通り腹這になって何をしているかと思うと両手で出張った顋（あご）を支えて、右手の指の股に巻煙草を挟んでいる。ただそれだけである。もっとも彼がフケだらけの頭の裏（うち）には宇宙の大真理が火の車のごとく廻転しつつあるかも知れないが、外部から拝見したところでは、そんな事とは夢にも思えない。

煙草の火はだんだん吸口の方へ逼って、一寸ばかり燃え尽した灰の棒がぱたりと毛布の上に落つるのも構わず主人は一生懸命に煙草から立ち上る煙の行末を見詰めている。その煙りは春風に浮きつ沈みつ、流れる輪を幾重にも描いて、紫深き細君の洗髪の根本へ吹き寄せつつある。――おや、細君の事を話しておくはずだった。忘れていた。

細君は主人に尻を向けて――なに失礼な細君だ？　別に失礼な事はないさ。礼も非礼も相互の解釈次第でどうでもなる事だ。主人は平気で細君の尻のところへ頬杖を突き、細君は平気で主人の顔の先へ荘厳なる尻を据えたまでの事で無礼も糸瓜もないのである。御両人は結婚後一ヵ年も立たぬ間に礼儀作法などと窮屈な境遇を脱却せられた超然的夫婦である。――さてかくのごとく主人に尻を向けた細君はどう云う了見か、今日の天気に乗じて、尺に余る緑の黒髪を、麩海苔と生卵でゴシゴシ洗濯せられた者と見えて癖のない奴を、見よがしに肩から背へ振りかけて、無言のまま小供の袖なしを熱心に縫っている。実はその洗髪を乾かすために唐縮緬の布団と針箱を椽側へ出して、恭しく主人に尻を向けたのである。あるいは主人の方で尻のある見当へ顔を持って来たのかも知れない。そこで先刻御話しをした煙草の煙りが、豊かに靡く黒髪の間に流れ流れて、時ならぬ陽炎の燃えるところを主人は余念もなく眺めている。しかしながら煙は固より一所に停まるものではない、その性質として上へ上へと立ち登るのだから主人の眼もこの煙りの髪毛と縺れ合う奇観を落ちなく見ようとすれば、是非共眼を動かさなければならない。主人はまず腰の辺から観察を始めて徐々と背中を伝って、肩から頸筋に掛ったが、それを通り過ぎてようよう脳天に達した時、覚えずあっと驚いた。――主人が偕老同穴を契った夫人の脳天の真中には真丸な大きな禿がある。しかもその禿が暖かい日光を反射して、今や時を得顔に輝いている。思わざる辺にこの不思議な大発見をなした時の主人の眼は眩ゆい中に充分の驚きを示して、烈しい光線で瞳孔の開くのも構わず一心不乱に見つめている。主人がこの禿を見た時、第一彼の脳裏に浮んだのはかの家伝来の仏壇に幾世となく飾り付けられたる御灯明皿である。彼の一家は真宗で、真宗では仏壇に身分不相応な金を掛けるのが古例である。主人は幼少の時その家の倉の中に、薄暗く飾り付けられたる金箔厚き厨子があって、その厨子の中にはいつでも真鍮の灯明皿がぶら下って、その灯明皿には昼でもぼんやりした灯がついていた事を記憶している。周囲が暗い中にこの灯明皿が比較的明瞭に輝やいていたので小供心にこの灯を何遍となく見た時の印象が細君の禿に喚び起されて突然飛び出したものであろう。灯明皿は一分立たぬ間に消えた。この度は観音様の鳩の事を思い出す。観音様の鳩と細君の禿とは何等の関係もないようであるが、主人の頭では二つの間に密接な聯想（れんそう）がある。同じく小供の時分に浅草へ行くと必ず鳩に豆を買ってやった。豆は一皿が文久（ぶんきゅう）二つで、赤い土器へ這入っていた。その土器が、色と云い大（おおき）さと云いこの禿によく似ている。

「なるほど似ているな」と主人が、さも感心したらしく云うと「何がです」と細君は見向きもしない。

「何だって、御前の頭にゃ大きな禿があるぜ。知ってるか」

「ええ」と細君は依然として仕事の手をやめずに答える。別段露見を恐れた様子もない。超然たる模範妻君である。

「嫁にくるときからあるのか、結婚後新たに出来たのか」と主人が聞く。もし嫁にくる前から禿げているなら欺されたのであると口へは出さないが心の中で思う。

「いつ出来たんだか覚えちゃいませんわ、禿なんざどうだって宜いじゃありませんか」と大（おおい）に悟ったものである。

「どうだって宜いって、自分の頭じゃないか」と主人は少々怒気を帯びている。

「自分の頭だから、どうだって宜いんだわ」と云ったが、さすが少しは気になると見えて、右の手を頭に乗せて、くるくる禿を撫でて見る。「おや大分大きくなった事、こんなじゃ無いと思っていた」と言ったところをもって見ると、年に合わして禿があまり大き過ぎると云う事をようやく自覚したらしい。

「女は髷に結うと、ここが釣れますから誰でも禿げるんですわ」と少しく弁護しだす。

「そんな速度で、みんな禿げたら、四十くらいになれば、から薬缶ばかり出来なければならん。そりゃ病気に違いない。伝染するかも知れん、今のうち早く甘木さんに見て貰え」と主人はしきりに自分の頭を撫で廻して見る。

「そんなに人の事をおっしゃるが、あなただって鼻の孔へ白髪が生えてるじゃありませんか。禿が伝染するなら白髪だって伝染しますわ」と細君少々ぷりぷりする。

「鼻の中の白髪は見えんから害はないが、脳天が――ことに若い女の脳天がそんなに禿げちゃ見苦しい。不具だ」

「不具なら、なぜ御貰いになったのです。御自分が好きで貰っておいて不具だなんて……」

「知らなかったからさ。全く今日まで知らなかったんだ。そんなに威張るなら、なぜ嫁に来る時頭を見せなかったんだ」

「馬鹿な事を！　どこの国に頭の試験をして及第

したら嫁にくるなんて、ものが在るもんですか」

「禿はまあ我慢もするが、御前は背いが人並外れて低い。はなはだ見苦しくていかん」

「背いは見ればすぐ分るじゃありませんか、背の低いのは最初から承知で御貰いになったんじゃありませんか」

「それは承知さ、承知には相違ないがまだ延びるかと思ったから貰ったのさ」

「廿(はたち)にもなって背いが延びるなんて――

あなたもよっぽど人を馬鹿になさるのね」と細君は袖なしを抛り出して主人の方に捩じ向く。返答次第ではその分にはすまさんと云う権幕である。

「廿になったって背いが延びてならんと云う法はあるまい。嫁に来てから滋養分でも食わしたら、少しは延びる見込みがあると思ったんだ」と真面目な顔をして妙な理屈を述べていると門口のベルが勢よく鳴り立てて頼むと云う大きな声がする。いよいよ鈴木君がペンペン草を目的（めあて）に苦沙弥先生の臥竜窟（がりょうくつ）を尋ねあてたと見える。

細君は喧嘩を後日に譲って、倉皇（そうこう）針箱と袖なしを抱えて茶の間へ逃げ込む。主人は鼠色の毛布を丸めて書斎へ投げ込む。やがて下女が持って来た名刺を見て、主人はちょっと驚ろいたような顔付であったが、こちらへ御通し申してと言い棄てて、名刺を握ったまま後架（こうか）へ這入った。何のために後架へ急に這入ったか一向要領を得ん、何のために鈴木藤十郎君の名刺を後架まで持って行ったのかなおさら説明に苦しむ。とにかく迷惑なのは臭い所へ随行を命ぜられた名刺君である。

下女が更紗の座布団を床の前へ直して、どうぞこれへと引き下がった、跡で、鈴木君は一応室内を見廻わす。床に掛けた花開万国春（はなひらくばんこくのはる）とある木菴の贋物や、京製の安青磁に活けた彼岸桜などを一々順番に点検したあとで、ふと下女の勧めた布団の上を見るといつの間にか一疋(ぴき)の猫がすまして坐っている。申すまでもなくそれはかく申す吾輩である。この時鈴木君の胸のうちにちょっとの間顔色にも出ぬほどの風波が起った。この布団は疑いもなく鈴木君のために敷かれたものである。自分のために敷かれた布団の上に自分が乗らぬ先から、断りもなく妙な動物が平然と蹲踞(そんきょ)している。これが鈴木君の心の平均を破る第一の条件である。もしこの布団が勧められたまま、主なくして春風の吹くに任せてあったなら、鈴木君はわざと謙遜の意を表して、主人がさあどうぞと云うまでは堅い畳の上で我慢していたかも知れない。しかし早晩自分の所有すべき布団の上に挨拶もなく乗ったものは誰であろう。人間なら譲る事もあろうが猫とは怪（け）しからん。乗り手が猫であると云うのが一段と不愉快を感ぜしめる。これが鈴木君の心の平均を破る第二の条件である。最後にその猫の態度がもっとも癪に障る。少しは気の毒そうにでもしている事か、乗る権利もない布団の上に、傲然と構えて、丸い無愛嬌な眼をぱちつかせて、御前は誰だいと云わぬばかりに鈴木君の顔を見つめている。これが平均を破壊する第三の条件である。これほど不平があるなら、吾輩の頸根っこを捉えて引きずり卸したら宜さそうなものだが、鈴木君はだまって見ている。堂々たる人間が猫に恐れて手出しをせぬと云う事は有ろうはずがないのに、なぜ早く吾輩を処分して自分の不平を洩らさないかと云うと、これは全く鈴木君が一個の人間として自己の体面を維持する自重心の故であると察せらる。もし腕力に訴えたなら三尺の童子も吾輩を自由に上下し得るであろうが、体面を重んずる点より考えるといかに金田君の股肱（ここう）たる鈴木藤十郎その人もこの二尺四方の真中に鎮座ましす猫大明神を如何ともする事が出来ぬのである。いかに人の見ていぬ場所でも、猫と座席争いをしたとあってはいささか人間の威厳に関する。真面目に猫を相手にして曲直を争うのはいかにも大人気ない。滑稽である。この不名誉を避けるためには多少の不便は忍ばねばならぬ。しかし忍ばねばならぬだけそれだけ猫に対する憎悪の念は増す訳であるから、鈴木君は時々吾輩の顔を見ては苦い顔をする。吾輩は鈴木君の不平な顔を拝見するのが面白いから滑稽の念を抑えてなるべく何喰わぬ顔をしている。

　吾輩と鈴木君の間に、かくのごとき無言劇が行われつつある間に主人は衣紋をつくろって後架から出て来て「やあ」と席に着いたが、手に持っていた名刺の影さえ見えぬところをもって見ると、鈴木藤十郎君の名前は臭い所へ無期徒刑に処せられたものと見える。名刺こそ飛んだ厄運に際会したものだと思う間もなく、主人はこの野郎と吾輩の襟がみを攫んでえいとばかりに椽へ擲(たた)きつけた。

「さあ敷きたまえ。珍らしいな。いつ東京へ出て来た」と主人は旧友に向って布団を勧める。鈴木君はちょっとこれを裏返した上で、それへ坐る。

「ついまだ忙がしいものだから報知もしなかったが、実はこの間から東京の本社の方へ帰るようになってね……」

「それは結構だ、大分長く逢わなかったな。君が田舎へ行ってから、始めてじゃないか」

「うん、もう十年近くになるね。なにその後時々東京へは出て来る事もあるんだが、つい用事が多いもんだから、いつでも失敬するような訳さ。悪るく思ってくれたもうな。会社の方は君の職業とは違って随分忙がしいんだから」

「十年立つうちには大分違うもんだな」と主人は鈴木君を見上げたり見下ろしたりしている。鈴木君は頭を美麗に分けて、英国仕立のトウィードを着て、派手な襟飾りをして、胸に金鎖りさえピカつかせている体裁、どうしても苦沙弥君の旧友とは思えない。

「うん、こんな物までぶら下げなくちゃ、ならんようになってね」と鈴木君はしきりに金鎖りを気にして見せる。

「そりゃ本ものかい」と主人は無作法な質問をかける。

「十八金だよ」と鈴木君は笑いながら答えたが「君も大分年を取ったね。たしか小供があるはずだったが一人かい」

「いいや」

「二人？」

「いいや」

「まだあるのか、じゃ三人か」

「うん三人ある。この先幾人出来るか分らん」

「相変らず気楽な事を云ってるぜ。一番大きいのはいくつになるかね、もうよっぽどだろう」

「うん、いくつか能く知らんが大方六つか、七つかだろう」

「ハハハ教師は呑気でいいな。僕も教員にでもなれば善かった」

「なって見ろ、三日で嫌になるから」

「そうかな、何だか上品で、気楽で、閑暇があって、すきな勉強が出来て、よさそうじゃないか。実業家も悪くもないが我々のうちは駄目だ。実業家になるならずっと上にならなくっちゃいかん。下の方になるとやはりつまらん御世辞を振り撒いたり、好かん猪口をいただきに出たり随分愚なもんだよ」

「僕は実業家は学校時代から大嫌だ。金さえ取れれば何でもする、昔で云えば素町人だからな」と実業家を前に控えて太平楽を並べる。

「まさか――そうばかりも云えんがね、少しは下品なところもあるのさ、とにかく金と情死をする覚悟でなければやり通せないから――ところがその金と云う奴が曲者で、――今もある実業家の所へ行って聞いて来たんだが、金を作るにも三角術を使わなくちゃいけないと云うのさ——義理をかく、人情をかく、恥をかくこれで三角になるそうだ面白いじゃないかアハハハハ」

「誰だそんな馬鹿は」

「馬鹿じゃない、なかなか利口な男なんだよ、実業界でちょっと有名だがね、君知らんかしら、ついこの先の横丁にいるんだが」

「金田か？　何んだあんな奴」

「大変怒ってるね。なあに、そりゃ、ほんの冗談だろうがね、そのくらいにせんと金は溜らんと云う喩（たとえ）さ。君のようにそう真面目に解釈しちゃ困る」

「三角術は冗談でもいいが、あすこの女房の鼻はなんだ。君行ったんなら見て来たろう、あの鼻を」

「細君か、細君はなかなかさばけた人だ」

「鼻だよ、大きな鼻の事を云ってるんだ。せんだって僕はあの鼻について俳体詩を作ったがね」

「何だい俳体詩と云うのは」

「俳体詩を知らないのか、君も随分時勢に暗いな」

「ああ僕のように忙がしいと文学などは到底駄目さ。それに以前からあまり数奇(すき)でない方だから」

「君シャーレマンの鼻の恰好を知ってるか」

「アハハハハ随分気楽だな。知らんよ」

「エルリントンは部下のものから鼻々と異名をつけられていた。君知ってるか」

「鼻の事ばかり気にして、どうしたんだい。好いじゃないか鼻なんか丸くても尖んがっててても」

「決してそうでない。君パスカルの事を知ってるか」

「また知ってるかか、まるで試験を受けに来たようなものだ。パスカルがどうしたんだい」

「パスカルがこんな事を云っている」

「どんな事を」

「もしクレオパトラの鼻が少し短かかったならば世界の表面に大変化を来したろうと」

「なるほど」

「それだから君のようにそう無雑作に鼻を馬鹿にしてはいかん」

「まあいいさ、これから大事にするから。そりゃそうとして、今日来たのは、少し君に用事があって来たんだがね――あの元君の教えたとか云う、水島――ええ水島ええちょっと思い出せない。――そら君の所へ始終来ると云うじゃないか」

「寒月か」

「そうそう寒月寒月。あの人の事についてちょっと聞きたい事があって来たんだがね」

「結婚事件じゃないか」

「まあ多少それに類似の事さ。今日金田へ行ったら……」

「この間鼻が自分で来た」

「そうか。そうだって、細君もそう云っていたよ。苦沙弥さんに、よく伺おうと思って上ったら、生憎迷亭が来ていて茶々を入れて何が何だか分らなくしてしまったって」

「あんな鼻をつけて来るから悪るいや」

「いえ君の事を云うんじゃないよ。あの迷亭君がおったもんだから、そう立ち入った事を聞く訳にも行かなかったので残念だったから、もう一遍僕に行ってよく聞いて来てくれないかって頼まれたものだからね。僕も今までこんな世話はした事はないが、もし当人同士が嫌やでないなら中へ立って纏めるのも、決して悪い事はないからね――それでやって来たのさ」

「御苦労様」と主人は冷淡に答えたが、腹の内では当人同士と云う語（ことば）を聞いて、どう云う訳か分らんが、ちょっと心を動かしたのである。蒸し熱い夏の夜に一縷の冷風が袖口を潜ったような気分になる。元来この主人はぶっ切ら棒の、頑固光沢（つや）消しを旨として製造された男であるが、さればと云って冷酷不人情な文明の産物とは自からその撰を異にしている。彼が何ぞと云うと、むかっ腹をたててぷんぷんするのでも這裏(しゃり)の消息は会得できる。先日鼻と喧嘩をしたのは鼻が気に食わぬからで鼻の娘には何の罪もない話しである。実業家は嫌いだから、実業家の片割れなる金田某も嫌に相違ないがこれも娘その人とは没交渉の沙汰と云わねばならぬ。娘には恩も恨みもなくて、寒月は自分が実の弟よりも愛している門下生である。もし鈴木君の云うごとく、当人同志が好いた仲なら、間接にもこれを妨害するのは君子のなすべき所作でない。――苦沙弥先生はこれでも自分を君子と思っている。――もし当人同志が好いているなら――しかしそれが問題である。この事件に対して自己の態度を改めるには、まずその真相から確めなければならん。

「君その娘は寒月の所へ来たがってるのか。金田や鼻はどうでも構わんが、娘自身の意向はどうなんだ」

「そりゃ、その――何だね――何でも――え、来たがってるんだろうじゃないか」鈴木君の挨拶は少々曖昧である。実は寒月君の事だけ聞いて復命さえすればいいつもりで、御嬢さんの意向までは確かめて来なかったのである。従って円転滑脱の鈴木君もちょっと狼狽の気味に見える。

「だろうた判然しない言葉だ」と主人は何事によらず、正面から、どやし付けないと気がすまない。

「いや、これゃちょっと僕の云いようがわるかった。令嬢の方でもたしかに意があるんだよ。いいえ全くだよ――え？――細君が僕にそう云ったよ。何でも時々は寒月君の悪口を云う事もあるそうだがね」

「あの娘がか」

「ああ」

「怪しからん奴だ、悪口を云うなんて。第一それじゃ寒月に意がないんじゃないか」

「そこがさ、世の中は妙なもので、自分の好いている人の悪口などは殊更云って見る事もあるからね」

「そんな愚な奴がどこの国にいるものか」と主人は斯様な人情の機微に立ち入った事を云われても頓と感じがない。

「その愚な奴が随分世の中にゃあるから仕方がない。現に金田の妻君もそう解釈しているのさ。戸惑いをした糸瓜のようだなんて、時々寒月さんの悪口を云いますから、よっぽど心の中では思ってるに相違ありませんと」

主人はこの不可思議な解釈を聞いて、あまり思い掛けないものだから、眼を丸くして、返答もせず、鈴木君の顔を、大道易者のように昵(じっ)と見つめている。鈴木君はこいつ、この様子では、ことによるとやり損なうなと疳(かん)づいたと見えて、主人にも判断の出来そうな方面へと話頭を移す。

「君考えても分るじゃないか、あれだけの財産があってあれだけの器量なら、どこへだって相応の家へやれるだろうじゃないか。寒月だってえらいかも知れんが身分から云や――いや身分と云っちゃ失礼かも知れない。――財産と云う点から云や、まあ、だれが見たって釣り合わんのだからね。それを僕がわざわざ出張するくらい両親が気を揉んでるのは本人が寒月君に意があるからの事じゃあないか」と鈴木君はなかなかうまい理窟をつけて説明を与える。今度は主人にも納得が出来たらしいのでようやく安心したが、こんなところにまごまごしているとまた吶喊を喰う危険があるから、早く話しの歩を進めて、一刻も早く使命を完（まっと）うする方が万全の策と心付いた。

「それでね。今云う通りの訳であるから、先方で云うには何も金銭や財産はいらんからその代り当人に附属した資格が欲しい――資格と云うと、まあ肩書だね、――博士になったらやってもいいなんて威張ってる次第じゃない――誤解しちゃいかん。せんだって細君の来た時は迷亭君がいて妙な事ばかり云うものだから——いえ君が悪いのじゃない。細君も君の事を御世辞のない正直ないい方だと賞（ほ）めていたよ。全く迷亭君がわるかったんだろう。——それでさ本人が博士にでもなってくれれば先方でも世間へ対して肩身が広い、面目があると云うんだがね、どうだろう、近々の内水島君は博士論文でも呈出して、博士の学位を受けるような運びには行くまいか。なあに——金田だけなら博士も学士もいらんのさ、ただ世間と云う者があるとね、そう手軽にも行かんからな」

こう云われて見ると、先方で博士を請求するのも、あながち無理でもないように思われて来る。無理ではないように思われて来れば、鈴木君の依頼通りにしてやりたくなる。主人を活かすのも殺すのも鈴木君の意のままである。なるほど主人は単純で正直な男だ。

「それじゃ、今度寒月が来たら、博士論文をかくように僕から勧めて見よう。しかし当人が金田の娘を貰うつもりかどうだか、それからまず問い正して見なくちゃいかんからな」

「問い正すなんて、君そんな角張った事をして物が纏まるものじゃない。やっぱり普通の談話の際にそれとなく気を引いて見るのが一番近道だよ」

「気を引いて見る？」

「うん、気を引くと云うと語弊があるかも知れん。――なに気を引かんでもね。話しをしていると自然分るもんだよ」

「君にゃ分るかも知れんが、僕にゃ判然と聞かん事は分らん」

「分らなけりゃ、まあ好いさ。しかし迷亭君見たように余計な茶々を入れて打ち壊わすのは善くないと思う。仮令（たとい）勧めないまでも、こんな事は本人の随意にすべきはずのものだからね。今度寒月君が来たらなるべくどうか邪魔をしないようにしてくれ給え。――いえ君の事じゃない、あの迷亭君の事さ。あの男の口にかかると到底助かりっこないんだから」と主人の代理に迷亭の悪口をきいていると、噂をすれば陰の喩に洩れず迷亭先生例のごとく勝手口から飄然と春風に乗じて舞い込んで来る。

「いやー珍客だね。僕のような狎客（こうかく）になると苦沙弥はとかく粗略にしたがっていかん。何でも苦沙弥のうちへは十年に一遍くらいくるに限る。この菓子はいつもより上等じゃないか」と藤村の羊羹を無雑作に頬張る。鈴木君はもじもじしている。主人はにやにやしている。迷亭は口をもがもがさしている。吾輩はこの瞬時の光景を椽側から拝見して無言劇と云うものは優に成立し得ると思った。禅家で無言の問答をやるのが以心伝心であるなら、この無言の芝居も明かに以心伝心の幕である。すこぶる短かいけれどもすこぶる鋭どい幕である。

「君は一生旅烏かと思ってたら、いつの間にか舞い戻ったね。長生はしたいもんだな。どんな僥倖

（ぎょうこう）に廻り合わんとも限らんからね」と迷亭は鈴木君に対しても主人に対するごとく毫も遠慮と云う事を知らぬ。いかに自炊の仲間でも十年も逢わなければ、何となく気のおけるものだが迷亭君に限って、そんな素振も見えぬのは、えらいのだか馬鹿なのかちょっと見当がつかぬ。

「可哀そうに、そんなに馬鹿にしたものでもない」と鈴木君は当らず障らずの返事はしたが、何となく落ちつきかねて、例の金鎖を神経的にいじっている。

「君電気鉄道へ乗ったか」と主人は突然鈴木君に対して奇問を発する。

「今日は諸君からひやかされに来たようなものだ。なんぼ田舎者だって――これでも街鉄を六十株持ってるよ」

「そりゃ馬鹿に出来ないな。僕は八百八十八株半持っていたが、惜しい事に大方虫が喰ってしまって、今じゃ半株ばかりしかない。もう少し早く君が東京へ出てくれば、虫の喰わないところを十株ばかりやるところだったが惜しい事をした」

「相変らず口が悪るい。しかし冗談は冗談として、ああ云う株は持ってて損はないよ、年々高くなるばかりだから」

「そうだ仮令半株だって千年も持ってるうちにゃ倉が三つくらい建つからな。君も僕もその辺にぬかりはない当世の才子だが、そこへ行くと苦沙弥などは憐れなものだ。株と云えば大根の兄弟分くらいに考えているんだから」とまた羊羹をつまんで主人の方を見ると、主人も迷亭の食い気が伝染して自ずから菓子皿の方へ手が出る。世の中では万事積極的のものが人から真似らるる権利を有している。

「株などはどうでも構わんが、僕は曾呂崎に一度でいいから電車へ乗らしてやりたかった」と主人は喰い欠けた羊羹の歯痕を憮然として眺める。

「曾呂崎が電車へ乗ったら、乗るたんびに品川まで行ってしまうは、それよりやっぱり天然居士で沢庵石へ彫り付けられてる方が無事でいい」
「曾呂崎と云えば死んだそうだな。気の毒だねえ、いい頭の男だったが惜しい事をした」と鈴木君が云うと、迷亭は直ちに引き受けて
「頭は善かったが、飯を焚く事は一番下手だったぜ。曾呂崎の当番の時には、僕あいつでも外出をして蕎麦で凌いでいた」
「ほんとに曾呂崎の焚いた飯は焦げくさくって心

があって僕も弱った。御負けに御菜（おかず）に必ず豆腐をなまで食わせるんだから、冷たくて食われやせん」と鈴木君も十年前の不平を記憶の底から呼び起す。

「苦沙弥はあの時代から曾呂崎の親友で毎晩いっしょに汁粉を食いに出たが、その祟りで今じゃ慢性胃弱になって苦しんでいるんだ。実を云うと苦沙弥の方が汁粉の数を余計食ってるから曾呂崎より先へ死んで宜い訳なんだ」

「そんな論理がどこの国にあるものか。俺の汁粉より君は運動と号して、毎晩竹刀を持って裏の卵塔婆（らんとうば）へ出て、石塔を叩いてるところを坊主に見つかって剣突を食ったじゃないか」と主人も負けぬ気になって迷亭の旧悪を曝（あば）く。

「アハハそうそう坊主が仏様の頭を叩いては安眠の妨害になるからよしてくれって言ったっけ。しかし僕のは竹刀だが、この鈴木将軍のは手暴（てあら）だぜ。石塔と相撲をとって大小三個ばかり転がしてしまったんだから」

「あの時の坊主の怒り方は実に烈しかった。是非元のように起せと云うから人足を傭（やと）うまで待ってくれと云ったら人足じゃいかん懺悔の意を表するためにあなたが自身で起さなくては仏の意に背くと云うんだからね」

「その時の君の風采はなかったぜ、金巾（かなきん）のしゃつに越中褌で雨上りの水溜りの中でうんうん唸って……」

「それを君がすましたた顔で写生するんだから苛（ひど）い。僕はあまり腹を立てた事のない男だが、あの時ばかりは失敬だと心から思ったよ。あの時の君の言草をまだ覚えているが君は知ってるか」

「十年前の言草なんか誰が覚えているものか、しかしあの石塔に帰泉院殿黄鶴（こうかく）大居士安永五年辰正月と彫ってあったのだけはいまだに記憶している。あの石塔は古雅に出来ていたよ。引き越す時に盗んで行きたかったくらいだ。実に美学上の原理に叶って、ゴシック趣味な石塔だった」と迷亭はまた好い加減な美学を振り廻す。

「そりゃいいが、君の言草がさ。こうだぜ――吾輩は美学を専攻するつもりだから天地間の面白い出来事はなるべく写生しておいて将来の参考に供さなければならん、気の毒だの、可哀相だのと云う私情は学問に忠実なる吾輩ごときものの口にすべきところでないと平気で云うのだろう。僕もあんまりな不人情な男だと思ったから泥だらけの手で君の写生帖を引き裂いてしまった」

「僕の有望な画才が頓挫して一向振わなくなったのも全くあの時からだ。君に機鋒（きほう）を折られたのだね。僕は君に恨（うらみ）がある」

「馬鹿にしちゃいけない。こっちが恨めしいくらいだ」

「迷亭はあの時分から法螺吹だったな」と主人は羊羹を食い了（おわ）って再び二人の話の中に割り込んで来る。

「約束なんか履行した事がない。それで詰問を受けると決して詫びた事がない何とか蚊とか云う。あの寺の境内に百日紅が咲いていた時分、この百日紅が散るまでに美学原論と云う著述をすると云うから、駄目だ、到底出来る気遣（きづかい）はないと云ったのさ。すると迷亭の答えに僕はこう見えても見掛けに寄らぬ意志の強い男である、そんなに疑うなら賭をしようと云うから僕は真面目に受けて何でも神田の西洋料理を奢りっこかなにかに極めた。きっと書物なんか書く気遣はないと思ったから賭をしたようなものの内心は少々恐ろしかった。僕に西洋料理なんか奢る金はないんだからな。ところが先生一向稿を起す気色がない。七日立っても二十日立っても一枚も書かない。いよいよ百日紅が散って一輪の花もなくなっても当人平気でいるから、いよいよ西洋料理に有りついたなと思って契約履行を逼ると迷亭すまして取り合わない」

「また何とか理屈をつけたのかね」と鈴木君が相の手を入れる。

「うん、実にずうずうしい男だ。吾輩はほかに能はないが意志だけは決して君方に負けはせんと剛情を張るのさ」

「一枚も書かんのにか」と今度は迷亭君自身が質問をする。

「無論さ、その時君はこう云ったぜ。吾輩は意志の一点においてはあえて何人（なんぴと）にも一歩も譲らん。しかし残念な事には記憶が人一倍無い。美学原論を著わそうとする意志は充分あったのだがその意志を君に発表した翌日から忘れてしまった。それだから百日紅の散るまでに著書が出来なかったのは記憶の罪で意志の罪ではない。意志の罪でない以上は西洋料理などを奢る理由がないと威張っているのさ」

「なるほど迷亭君一流の特色を発揮して面白い」と鈴木君はなぜだか面白がっている。迷亭のおらぬ時の語気とはよほど違っている。これが利口な人の特色かも知れない。

「何が面白いものか」と主人は今でも怒っている様子である。

「それは御気の毒様、それだからその埋合せをするために孔雀の舌なんかを金と太鼓で探しているじゃないか。まあそう怒らずに待っているさ。しかし著書と云えば君、今日は一大珍報を齎(もた)らして来たんだよ」

「君はくるたびに珍報を齎らす男だから油断が出来ん」

「ところが今日の珍報は真の珍報さ。正札付一厘も引けなしの珍報さ。君寒月が博士論文の稿を起したのを知っているか。寒月はあんな妙に見識張った男だから博士論文なんて無趣味な労力はやるまいと思ったら、あれでやっぱり色気があるからおかしいじゃないか。君あの鼻に是非通知してやるがいい、この頃は団栗博士の夢でも見ているかも知れない」

鈴木君は寒月の名を聞いて、話してはいけぬ話してはいけぬと顋と眼で主人に合図する。主人には一向意味が通じない。さっき鈴木君に逢って説法を受けた時は金田の娘の事ばかりが気の毒になったが、今迷亭から鼻々と云われるとまた先日喧嘩をした事を思い出す。思い出すと滑稽でもあり、また少々は悪（にく）らしくもなる。しかし寒月が博士論文を草しかけたのは何よりの御見やげで、こればかりは迷亭先生自賛のごとくまずまず近来の珍報である。啻（ただ）に珍報のみならず、嬉しい快よい珍報である。金田の娘を貰おうが貰うまいがそんな事はまずどうでもよい。とにかく寒月の博士になるのは結構である。自分のように出来損いの木像は仏師屋の隅で虫が喰うまで白木のまま燻っていても遺憾はないが、これは旨く仕上がったと思う彫刻には一日も早く箔を塗ってやりたい。

「本当に論文を書きかけたのか」と鈴木君の合図はそっち除(の)けにして、熱心に聞く。

「よく人の云う事を疑ぐる男だ。――もっとも問題は団栗だか首縊りの力学だか確(しか)と分らんがね。とにかく寒月の事だから鼻の恐縮するようなものに違いない」

さっきから迷亭が鼻々と無遠慮に云うのを聞くたんびに鈴木君は不安の様子をする。迷亭は少しも気が付かないから平気なものである。

「その後鼻についてまた研究をしたが、この頃トリストラム・シャンデーの中に鼻論があるのを発見した。金田の鼻などもスターンに見せたら善い材料になったろうに残念な事だ。鼻名（びめい）を千載に垂れる資格は充分ありながら、あのままで朽ち果つるとは不憫千万だ。今度ここへ来たら美学上の参考のために写生してやろう」と相変らず口から出任せに喋舌（しゃべ）り立てる。

「しかしあの娘は寒月の所へ来たいのだそうだ」

と主人が今鈴木君から聞いた通りを述べると、鈴木君はこれは迷惑だと云う顔付をしてしきりに主人に目くばせをするが、主人は不導体のごとく一向電気に感染しない。

「ちょっと乙だな、あんな者の子でも恋をするところが、しかし大した恋じゃなかろう、大方鼻恋くらいなところだぜ」

「鼻恋でも寒月が貰えばいいが」

「貰えばいいがって、君は先日大反対だったじゃないか。今日はいやに軟化しているぜ」

「軟化はせん、僕は決して軟化はせんしかし……」

「しかしどうかしたんだろう。ねえ鈴木、君も実業家の末席を汚す一人だから参考のために言って聞かせるがね。あの金田某なる者さ。あの某なるものの息女などを天下の秀才水島寒月の令夫人と崇め奉るのは、少々提灯と釣鐘と云う次第で、我々朋友たる者が冷々黙過する訳に行かん事だと思うんだが、たとい実業家の君でもこれには異存はあるまい」

「相変らず元気がいいね。結構だ。君は十年前と容子が少しも変っていないからえらい」と鈴木君は柳に受けて、胡麻化そうとする。

「えらいと褒めるなら、もう少し博学なところを御目にかけるがね。昔しの希臘（ギリシャ）人は非常に体育を重んじたものであらゆる競技に貴重なる懸賞を出して百方奨励の策を講じたものだ。しかるに不思議な事には学者の智識に対してのみは何等の褒美も与えたと云う記録がなかったので、今日まで実は大に怪しんでいたところさ」

「なるほど少し妙だね」と鈴木君はどこまでも調子を合せる。

「しかるについ両三日前に至って、美学研究の際ふとその理由を発見したので多年の疑団（ぎだん）は一度に氷解。漆桶（しっつう）を抜くがごとく痛快なる悟りを得て歓天喜地の至境に達したのさ」

あまり迷亭の言葉が仰山なので、さすが御上手者の鈴木君も、こりゃ手に合わないと云う顔付をする。主人はまた始まったなと云わぬばかりに、象牙の箸で菓子皿の縁をかんかん叩いて俯（う）つ向いている。迷亭だけは大得意で弁じつづける。

「そこでこの矛盾なる現象の説明を明記して、暗黒の淵から吾人の疑を千載の下に救い出してくれた者は誰だと思う。学問あって以来の学者と称せらるる彼の希臘の哲人、逍遥派（しょうようは）の元祖アリストートルその人である。彼の説明に曰くさ――おい菓子皿などを叩かんで謹聴していなくちゃいかん。――彼等希臘人が競技において得るところの賞与は彼等が演ずる技芸その物より貴重なものである。それ故に褒美にもなり、奨励の具ともなる。しかし智識その物に至ってはどうである。もし智識に対する報酬として何物をか与えんとするならば智識以上の価値あるものを与えざるべからず。しかし智識以上の珍宝が世の中にあろうか。無論あるはずがない。下手なものをやれば智識の威厳を損する訳になるばかりだ。彼等は智識に対して千両箱をオリムパスの山ほど積み、クリーサスの富を傾け尽しても相当の報酬を与えんとしたのであるが、いかに考えても到底釣り合うはずがないと云う事を観破（かんぱ）して、それより以来と云うものは奇麗さっぱり何にもやらない事にしてしまった。黄白青銭（こうはくせいせん）が智識の匹敵でない事はこれで十分理解出来るだろう。さてこの原理を服膺（ふくよう）した上で時事問題に臨んで見るがいい。金田某は何だい紙幣に眼鼻をつけただけの人間じゃないか、奇警なる語をもって形容するならば彼は一個の活動紙幣に過ぎんのである。活動紙幣の娘なら活動切手くらいなところだろう。翻って寒月君は如何と見ればどうだ。辱(かたじ)けなくも学問最高の府を第一位に卒業して毫も倦怠の念なく長州征伐時代の羽織の紐をぶら下げて、日夜団栗のスタビリチーを研究し、それでもなお満足する様子もなく、近々の中ロード・ケルヴィンを圧倒するほどな大論文を発表しようとしつつあるではないか。たまたま吾妻橋を通り掛って身投げの芸を仕損じた事はあるが、これも熱誠なる青年に有りがちの発作的所為（しょい）で毫も彼が智識の問屋たるに煩いを及ぼすほどの出来事ではない。迷亭一流の喩をもって寒月君を評すれば彼は活動図書館である。智識をもって捏ね上げたる二十八珊（サンチ）の弾丸である。この弾丸が一たび時機を得て学界に爆発するなら、――もし爆発して見給え――爆発するだろう――」迷亭はここに至って迷亭一流と自称する形容詞が思うように出て来ないので俗に云う竜頭蛇尾の感に多少ひるんで見えたがたちまち「活動切手などは何千万枚あったって粉な微塵になってしまうさ。それだから寒月には、あんな釣り合わない女性は駄目だ。僕が不承知だ、百獣の中でもっとも聡明なる大象と、もっとも貪婪(たんらん)なる小豚と結婚するようなものだ。そうだろう苦沙弥君」と云って退（の）けると、主人はまた黙って菓子皿を叩き出す。鈴木君は少し凹んだ気味で「そんな事も無かろう」と術なげに答える。さっきまで迷亭の悪口を随分ついた揚句ここで無暗な事を云うと、主人のような無法者はどんな事を素っ破抜くか知れない。なるべくここは好加減に迷亭の鋭鋒をあしらって無事に切り抜けるのが上分別なのである。鈴木君は利口者である。いらざる抵抗は避けらるるだけ避けるのが当世で、無要の口論は封建時代の遺物と心得ている。人生の目的は口舌ではない実行にある。自己の思い通りに着々事件が進捗すれば、それで人生の目的は達せられたのである。苦労と心配と争論とがなくて事件が進捗すれば人生の目的は極楽流に達せられるのである。鈴木君は卒業後この極楽主義によって成功し、この極楽主義によって金時計をぶら下げ、この極楽主義で金田夫婦の依頼をうけ、同じくこの極楽主義でまんまと首尾よく苦沙弥君を説き落して当該事件が十中八九まで成就したところへ、迷亭なる常規をもって律すべからざる、普通の人間以外の心理作用を有するかと怪まるる風来坊が飛び込んで来たので少々その突然なるに面喰っているところである。極楽主義を発明したものは明治の紳士で、極楽主義を実行するものは鈴木藤十郎君で、今この極楽主義で困却しつつあるものもまた鈴木藤十郎君である。

「君は何にも知らんからそうでもなかろうなどと

澄し返って、例になく言葉寡（ずく）なに上品に控え込むが、せんだってあの鼻の主が来た時の容子を見たらいかに実業家贔屓の尊公でも辟易するに極ってるよ、ねえ苦沙弥君、君大に奮闘したじゃないか」

「それでも君より僕の方が評判がいいそうだ」

「アハハハなかなか自信が強い男だ。それでなくてはサヴェジ・チーなんて生徒や教師にからかわれてすまして学校へ出ちゃいられん訳だ。僕も意志は決して人に劣らんつもりだが、そんなに図太くは出来ん敬服の至りだ」

「生徒や教師が少々愚図愚図言ったたって何が恐ろしいものか、サントブーヴは古今独歩の評論家であるが巴里大学で講義をした時は非常に不評判で、彼は学生の攻撃に応ずるため外出の際必ずヒ首を袖の下に持って防禦の具となした事がある。ブルヌチェルがやはり巴里の大学でゾラの小説を攻撃した時は……」

「だって君や大学の教師でも何でもないじゃないか。高がリードルの先生でそんな大家を例に引くのは雑魚が鯨をもって自ら喩えるようなもんだ、そんな事を云うとなおからかわれるぜ」

「黙っていろ。サントブーヴだって俺だって同じくらいな学者だ」

「大変な見識だな。しかし懐剣をもって歩行（あるく）だけはあぶないから真似ない方がいいよ。大学の教師が懐剣ならリードルの教師はまあ小刀くらいなところだな。しかしそれにしても刃物は剣呑だから仲見世へ行っておもちゃの空気銃を買って来て背負ってあるくがよかろう。愛嬌があっていい。ねえ鈴木君」と云うと鈴木君はようやく話が金田事件を離れたのでほっと一息つきながら
「相変らず無邪気で愉快だ。十年振りで始めて君等に逢ったんで何だか窮屈な路次（ろじ）から広い野原へ出たような気持がする。どうも我々仲間の談話は少しも油断がならなくてね。何を云うにも

気をおかなくちゃならんから心配で窮屈で実に苦しいよ。話は罪がないのがいいね。そして昔しの書生時代の友達と話すのが一番遠慮がなくっていい。ああ今日は図らず迷亭君に遇(あ)って愉快だった。僕はちと用事があるからこれで失敬する」と鈴木君が立ち懸けると、迷亭も「僕もいこう、僕はこれから日本橋の演芸矯風(きょうふう)会に行かなくっちゃならんから、そこまでいっしょに行こう」「そりゃちょうどいい久し振りでいっしょに散歩しよう」と両君は手を携えて帰る。

五

二十四時間の出来事を洩れなく書いて、洩れなく読むには少なくも二十四時間かかるだろう、いくら写生文を鼓吹する吾輩でもこれは到底猫の企て及ぶべからざる芸当と自白せざるを得ない。従っていかに吾輩の主人が、二六時中精細なる描写に価する奇言奇行を弄するにも関らず逐一これを読者に報知するの能力と根気のないのははなはだ遺憾である。遺憾ではあるがやむを得ない。休養は猫といえども必要である。鈴木君と迷亭君の帰ったあとは木枯しのはたと吹き息（や）んで、しんしんと降る雪の夜のごとく静かになった。主人は例のごとく書斎へ引き籠る。小供は六畳の間へ枕をならべて寝る。一間半の襖を隔てて南向の室（へや）には細君が数え年三つになる、めん子さんと添乳して横になる。花曇りに暮れを急いだ日は疾く落ちて、表を通る駒下駄の音さえ手に取るように茶の間へ響く。隣町の下宿で明笛（みんてき）を吹くのが絶えたり続いたりして眠い耳底に折々鈍い刺激を与える。外面（そと）は大方朧であろう。晩餐に半ぺんの煮汁（だし）で鮑貝をからにした腹ではどうしても休養が必要である。

ほのかに承われば世間には猫の恋とか称する俳諧趣味の現象があって、春さきは町内の同族共の夢安からぬまで浮かれ歩るく夜もあるとか云うが、吾輩はまだかかる心的変化に遭逢（そうほう）した事はない。そもそも恋は宇宙的の活力である。上は在天の神ジュピターより下は土中に鳴く蚯蚓（みみず）、おけらに至るまでこの道にかけて浮身を窶（やつ）すのが万物の習いであるから、吾輩どもが朧うれしと、物騒な風流気を出すのも無理のない話しである。回顧すればかく云う吾輩も三毛子に思い焦がれた事もある。三角主義の張本金田君の令嬢阿倍川の富子さえ寒月君に恋慕したと云う噂である。それだから千金の春宵を心も空に満天下の雌猫雄猫が狂い廻るのを煩悩の迷（まよい）のと軽蔑する念は毛頭ないのであるが、いかんせん誘われてもそんな心が出ないから仕方がない。吾輩目下の状態はただ休養を欲するのみである。こう眠くては恋も出来ぬ。のそのそと小供の布団の裾へ廻って心地快（よ）く眠る。……

　ふと眼を開いて見ると主人はいつの間にか書斎

から寝室へ来て細君の隣に延べてある布団の中にいつの間にか潜り込んでいる。主人の癖として寝る時は必ず横文字の小本を書斎から携えて来る。しかし横になってこの本を二頁と続けて読んだ事はない。ある時は持って来て枕元へ置いたなり、まるで手を触れぬ事さえある。一行も読まぬくらいならわざわざ提げてくる必要もなさそうなものだが、そこが主人の主人たるところでいくら細君が笑っても、止せと云っても、決して承知しない。毎夜読まない本をご苦労千万にも寝室まで運んでくる。ある時は慾張って三四冊も抱えて来る。せんだってじゅうは毎晩ウェブスターの大字典さえ抱えて来たくらいである。思うにこれは主人の病気で贅沢な人が竜文堂に鳴る松風の音を聞かないと寝つかれないごとく、主人も書物を枕元に置かないと眠れないのであろう、して見ると主人に取っては書物は読む者ではない眠を誘う器械である。活版の睡眠剤である。

今夜も何か有るだろうと覗いて見ると、赤い薄い本が主人の口髯の先につかえるくらいな地位に半分開かれて転がっている。主人の左の手の拇指（おやゆび）が本の間に挟まったままであるところから推すと奇特にも今夜は五六行読んだものらしい。赤い本と並んで例のごとくニッケルの袂時計が春に似合わぬ寒き色を放っている。

細君は乳呑児を一尺ばかり先へ放り出して口を開いていびきをかいて枕を外している。およそ人間において何が見苦しいと云って口を開けて寝るほどの不体裁はあるまいと思う。猫などは生涯こんな恥をかいた事がない。元来口は音を出すため鼻は空気を吐呑（とどん）するための道具である。もっとも北の方へ行くと人間が無精になってなるべく口をあくまいと倹約をする結果鼻で言語を使うようなズーズーもあるが、鼻を閉塞して口ばかりで呼吸の用を弁じているのはズーズーよりも見ともないと思う。第一天井から鼠の糞でも落ちた時危険である。

小供の方はと見るとこれも親に劣らぬ体たらくで寝そべっている。姉のとん子は、姉の権利はこんなものだと云わぬばかりにうんと右の手を延ばして妹の耳の上へのせている。妹のすん子はその復讐に姉の腹の上に片足をあげて踏反り返っている。双方共寝た時の姿勢より九十度はたしかに廻転している。しかもこの不自然なる姿勢を維持しつつ両人とも不平も云わずおとなしく熟睡している。

　さすがに春の灯火は格別である。天真爛漫ながら無風流極まるこの光景の裏に良夜を惜しめとばかり床しげに輝やいて見える。もう何時だろうと室（へや）の中を見廻すと四隣はしんとしてただ聞えるものは柱時計と細君のいびきと遠方で下女の歯軋りをする音のみである。この下女は人から歯軋りをすると云われるといつでもこれを否定する女である。私は生れてから今日に至るまで歯軋りをした覚（おぼえ）はございませんと強情を張って決して直しましょうとも御気の毒でございますとも云わず、ただそんな覚はございませんと主張する。なるほど寝ていてする芸だから覚はないに違ない。しかし事実は覚がなくても存在する事があるから困る。世の中には悪い事をしておりながら、自分はどこまでも善人だと考えているものがある。これは自分が罪がないと自信しているのだから無邪気で結構ではあるが、人の困る事実はいかに無邪気でも滅却する訳には行かぬ。こう云う紳士淑女はこの下女の系統に属するのだと思う。

――夜は大分更けたようだ。

台所の雨戸にトントンと二返ばかり軽く中（あたっ）った者がある。はてな今頃人の来るはずがない。大方例の鼠だろう、鼠なら捕らん事に極めているから勝手にあばれるが宜しい。――またトントンと中る。どうも鼠らしくない。鼠としても大変用心深い鼠である。主人の内の鼠は、主人の出る学校の生徒のごとく日中でも夜中でも乱暴狼藉の練修に余念なく、憫然（びんぜん）なる主人の夢を驚破（きょうは）するのを天職のごとく心得ている連中だから、かくのごとく遠慮する訳がない。今のはたしかに鼠ではない。せんだってなどは主人の寝室にまで闖入（ちんにゅう）して高からぬ主人の鼻の頭を囓（か）んで凱歌を奏して引き上げたくらいの鼠にしてはあまり臆病すぎる。決して鼠ではない。今度はギーと雨戸を下から上へ持ち上げる音がする、同時に腰障子を出来るだけ緩やかに、溝に添うて滑らせる。いよいよ鼠ではない。人間だ。この深夜に人間が案内も乞わず戸締を外ずして御光来になるとすれば迷亭先生や鈴木君ではないに極っている。御高名だけはかねて承わっている泥棒陰士（いんし）ではないか知らん。いよいよ陰士とすれば早く尊顔を拝したいものだ。陰士は今や勝手の上に大いなる泥足を上げて二足ばかり進んだ模様である。三足目と思う頃揚板（あげいた）に蹶（つまず）いてか、ガタリと夜に響くような音を立てた。吾輩の背中の毛が靴刷毛で逆に擦すられたような心持がする。しばらくは足音もしない。細君を見ると未だ口をあいて太平の空気を夢中に吐呑している。主人は赤い本に拇指を挟まれた夢でも見ているのだろう。やがて台所でマチを擦る音が聞える。陰士でも吾輩ほど夜陰に眼は利かぬと見える。勝手がわるくて定めし不都合だろう。

この時吾輩は蹲踞（うずく）まりながら考えた。陰士は勝手から茶の間の方面へ向けて出現するのであろうか、または左へ折れ玄関を通過して書斎へと抜けるであろうか。――足音は襖の音と共に椽側へ出た。陰士はいよいよ書斎へ這入った。それぎり音も沙汰もない。

吾輩はこの間に早く主人夫婦を起してやりたいものだとようやく気が付いたが、さてどうしたら起きるやら、一向要領を得ん考のみが頭の中に水車の勢で廻転するのみで、何等の分別も出ない。布団の裾を啣（くわ）えて振って見たらと思って、二三度やって見たが少しも効用がない。冷たい鼻を頬に擦り付けたらと思って、主人の顔の先へ持って行ったら、主人は眠ったまま、手をうんと延ばして、吾輩の鼻づらを否（い）やと云うほど突き飛ばした。鼻は猫にとっても急所である。痛む事おびただしい。此度（こんど）は仕方がないからにゃーにゃーと二返ばかり鳴いて起こそうとしたが、どう云うものかこの時ばかりは咽喉に物が痞(つか)えて思うような声が出ない。やっとの思いで渋りながら低い奴を少々出すと驚いた。肝心の主人は覚める気色もないのに突然陰士の足音がし出した。ミチリミチリと椽側を伝って近づいて来る。いよいよ来たな、こうなってはもう駄目だと諦めて、襖と柳行李の間にしばしの間身を忍ばせて動静を窺がう。

陰士の足音は寝室の障子の前へ来てぴたりと已

む。吾輩は息を凝らして、この次は何をするだろうと一生懸命になる。あとで考えたが鼠を捕る時は、こんな気分になれば訳はないのだ、魂が両方の眼から飛び出しそうな勢（いきおい）である。陰士の御蔭で二度とない悟（さとり）を開いたのは実にありがたい。たちまち障子の桟の三つ目が雨に濡れたように真中だけ色が変る。それを透して薄紅なものがだんだん濃く写ったと思うと、紙はいつか破れて、赤い舌がぺろりと見えた。舌はしばしの間に暗い中に消える。入れ代って何だか恐しく光るものが一つ、破れた孔の向側にあらわれる。疑いもなく陰士の眼である。妙な事にはその眼が、部屋の中にある何物をも見ないで、ただ柳行李の後に隠れていた吾輩のみを見つめているように感ぜられた。一分にも足らぬ間ではあったが、こう睨まれては寿命が縮まると思ったくらいである。もう我慢出来んから行李の影から飛出そうと決心した時、寝室の障子がスーと明いて待ち兼ねた陰士がついに眼前にあらわれた。

吾輩は叙述の順序として、不時の珍客なる泥棒陰士その人をこの際諸君に御紹介するの栄誉を有する訳であるが、その前ちょっと卑見を開陳してご高慮を煩わしたい事がある。古代の神は全智全能と崇められている。ことに耶蘇教の神は二十世紀の今日までもこの全智全能の面を被っている。しかし俗人の考うる全智全能は、時によると無智無能とも解釈が出来る。こう云うのは明かにパラドックスである。しかるにこのパラドックスを道破（どうは）した者は天地開闢（かいびゃく）以来吾輩のみであろうと考えると、自分ながら満更な猫でもないと云う虚栄心も出るから、是非共ここにその理由を申し上げて、猫も馬鹿に出来ないと云う事を、高慢なる人間諸君の脳裏に叩き込みたいと考える。天地万有は神が作ったそうな、して見れば人間も神の御製作であろう。現に聖書とか云うものにはその通りと明記してあるそうだ。さてこの人間について、人間自身が数千年来の観察を積んで、大（おおい）に玄妙不思議がると同時に、ますます神の全智全能を承認するように傾いた事実がある。それは外でもない、人間もかようにうじゃうじゃいるが同じ顔をしている者は世界中に一人もいない。顔の道具は無論極まっている、大（おおき）さも大概は似たり寄ったりである。換言すれば彼等は皆同じ材料から作り上げられている、同じ材料で出来ているにも関らず一人も同じ結果に出来上っておらん。よくまああれだけの簡単な材料でかくまで異様な顔を思いついた者だと思うと、製造家の技倆に感服せざるを得ない。よほど独創的な想像力がないとこんな変化は出来んのである。一代の画工が精力を消耗して変化を求めた顔でも十二三種以外に出る事が出来んのをもって推せば、人間の製造を一手で受負った神の手際は格別な者だと驚嘆せざるを得ない。到底人間社会において目撃し得ざる底（てい）の伎倆であるから、これを全能的伎倆と云っても差し支えないだろう。人間はこの点において大に神に恐れ入っているようである、なるほど人間の観察点から云えばもっともな恐れ入り方である。しかし猫の立場から云うと同一の事実がかえって神の無能力を証明しているとも解釈が出来る。もし全然無能でなくとも人間以上の能力は決してない者であると断定が出来るだろうと思う。神が人間の数だけそれだけ多くの顔を製造したと云うが、当初から胸中に成算があってかほどの変化を示したものか、またはは猫も杓子も同じ顔に造ろうと思ってやりかけて見たが、到底旨く行かなくて出来るのも出来るのも作り損ねてこの乱雑な状態に陥ったものか、分らんではないか。彼等顔面の構造は神の成功の紀念と見らるると同時に失敗の痕跡とも判ぜらるるではないか。全能とも云えようが、無能と評したって差し支えはない。彼等人間の眼は平面の上に二つ並んでいるので左右を一時に見る事が出来んから事物の半面だけしか視線内に這入らんのは気の毒な次第である。立場を換えて見ればこのくらい単純な事実は彼等の社会に日夜間断なく起りつつあるのだが、本人逆せ上がって、神に呑まれているから悟りようがない。製作の上に変化をあらわすのが困難であるならば、その上に徹頭徹尾の模倣（もこう）を示すのも同様に困難である。ラファエルに寸分違わぬ聖母の像を二枚かけと注文するのは、全然似寄らぬマドンナを双福見せろと逼ると同じく、ラファエルにとっては迷惑であろう、否同じ物を二枚かく方がかえって困難かも知れぬ。弘法大師に向って昨日書いた通りの筆法で空海と願いますと云う方がまるで書体を換えてと注文されるよりも苦しいかも分らん。人間の用うる国語は全然模倣主義で伝習するものである。彼等人間が母から、乳母から、他人から実用上の言語を習う時には、ただ聞いた通りを繰り返すよりほかに毛頭の野心はないのである。出来るだけの能力で人真似をするのである。かように人真似から成立する国語が十年二十年と立つうち、発音に自然と変化を生じてくるのは、彼等に完全なる模倣の能力がないと云う事を証明している。純粋の模倣はかくのごとく至難なものである。従って神が彼等人間を区別の出来ぬよう、悉皆焼印の御かめのごとく作り得たならばますます神の全能を表明し得るもので、同時に今日のごとく勝手次第な顔を天日に曝らさして、目まぐるしきまでに変化を生ぜしめたのはかえってその無能力を推知し得るの具ともなり得るのである。

吾輩は何の必要があってこんな議論をしたか忘れてしまった。本を忘却するのは人間にさえありがちの事であるから猫には当然の事さと大目に見て貰いたい。とにかく吾輩は寝室の障子をあけて敷居の上にぬっと現われた泥棒陰士を瞥見した時、以上の感想が自然と胸中に湧き出でたのである。なぜ湧いた？――なぜと云う質問が出れば、今一応考え直して見なければならん。——ええと、その訳はこうである。

吾輩の眼前に悠然とあらわれた陰士の顔を見るとその顔が——平常神の製作についてその出来栄をあるいは無能の結果ではあるまいかと疑っていたのに、それを一時に打ち消すに足るほどな特徴を有していたからである。特徴とはほかではない。彼の眉目がわが親愛なる好男子水島寒月君に瓜二つであると云う事実である。吾輩は無論泥棒に多くの知己は持たぬが、その行為の乱暴なところから平常想像して私（ひそ）かに胸中に描いていた顔はないでもない。小鼻の左右に展開した、一銭銅貨くらいの眼をつけた、毬栗頭にきまっていると自分で勝手に極めたのであるが、見ると考えるとは天地の相違、想像は決して逞くするものではない。この陰士は背のすらりとした、色の浅黒い一の字眉の、意気で立派な泥棒である。年は二十六七歳でもあろう、それすら寒月君の写生である。神もこんな似た顔を二個製造し得る手際があるとすれば、決して無能をもって目する訳には行かぬ。いや実際の事を云うと寒月君自身が気が変になって深夜に飛び出して来たのではあるまいかと、はっと思ったくらいよく似ている。ただ鼻の下に薄黒く髯の芽生えが植え付けてないのでさては別人だと気が付いた。寒月君は苦みばしった好男子で、活動小切手と迷亭から称せられたる、金田富子嬢を優に吸収するに足るほどな念入れの製作物である。しかしこの陰士も人相から観察するとその婦人に対する引力上の作用において決して寒月君に一歩も譲らない。もし金田の令嬢が寒月君の眼付や口先に迷ったのなら、同等の熱度をもってこの泥棒君にも惚れ込まなくては義理が悪い。義理はとにかく、論理に合わない。ああ云う才気のある、何でも早分りのする性質だからこのくらいの事は人から聞かんでもきっと分るであろう。して見ると寒月君の代りにこの泥棒を差し出しても必ず満身の愛を捧げて琴瑟（きんしつ）調和の実を挙げらるるに相違ない。万一寒月君が迷亭などの説法に動かされて、この千古の良縁が破れるとしても、この陰士が健在であるうちは大丈夫である。吾輩は未来の事件の発展をここまで予想して、富子嬢のために、やっと安心した。この泥棒君が天地の間に存在するのは富子嬢の生活を幸福ならしむる一大要件である。

陰士は小脇になにか抱えている。見ると先刻主人が書斎へ放り込んだ古毛布である。唐桟（とうざん）の半纏に、御納戸の博多の帯を尻の上にむすんで、生白い脛は膝から下むき出しのまま今や片足を挙げて畳の上へ入れる。先刻から赤い本に指を噛まれた夢を見ていた、主人はこの時寝返りを堂と打ちながら「寒月だ」と大きな声を出す。陰士は毛布を落して、出した足を急に引き込ます。障子の影に細長い向脛が二本立ったまま微かに動くのが見える。主人はうーん、むにゃむにゃと云いながら例の赤本を突き飛ばして、黒い腕を皮癬病（ひぜんや）みのようにぼりぼり掻く。そのあとは静まり返って、枕をはずしたなり寝てしまう。寒月だと云ったのは全く我知らずの寝言と見える。陰士はしばらく椽側に立ったまま室内の動静をうかがっていたが、主人夫婦の熟睡しているのを見済してまた片足を畳の上に入れる。今度は寒月だと云う声も聞えぬ。やがて残る片足も踏み込む。一穂（いっすい）の春灯で豊かに照らされていた六畳の間は、陰士の影に鋭どく二分せられて柳行李の辺から吾輩の頭の上を越えて壁の半ばが真黒になる。振り向いて見ると陰士の顔の影がちょうど壁の高さの三分の二の所に漠然と動いている。好男子も影だけ見ると、八つ頭の化け物のごとくまことに妙な恰好である。陰士は細君の寝顔を上から覗き込んで見たが何のためかにやにやと笑った。笑い方までが寒月君の模写であるには吾輩も驚いた。

細君の枕元には四寸角の一尺五六寸ばかりの釘付けにした箱が大事そうに置いてある。これは肥前の国は唐津の住人多々良三平君が先日帰省した時御土産に持って来た山の芋である。山の芋を枕元へ飾って寝るのはあまり例のない話しではあるがこの細君は煮物に使う三盆を用箪笥へ入れるくらい場所の適不適と云う観念に乏しい女であるから、細君にとれば、山の芋は愚か、沢庵が寝室に在っても平気かも知れん。しかし神ならぬ陰士はそんな女と知ろうはずがない。かくまで鄭重に肌身に近く置いてある以上は大切な品物であろうと鑑定するのも無理はない。陰士はちょっと山の芋の箱を上げて見たがその重さが陰士の予期と合して大分目方が懸りそうなのですこぶる満足の体である。いよいよ山の芋を盗むなと思ったら、しかもこの好男子にして山の芋を盗むなと思ったら急におかしくなった。しかし滅多に声を立てると危険であるからじっと怺(こら)えている。

やがて陰士は山の芋の箱を恭しく古毛布にくるみ初めた。なにかからげるものはないかとあたりを見廻す。と、幸い主人が寝る時に解きすてた縮緬の兵児帯がある。陰士は山の芋の箱をこの帯でしっかり括って、苦もなく背中へしょう。あまり女が好く体裁ではない。それから小供のちゃんちゃんを二枚、主人のめり安の股引の中へ押し込むと、股のあたりが丸く膨れて青大将が蛙を飲んだような——あるいは青大将の臨月と云う方がよく形容し得るかも知れん。とにかく変な恰好になった。嘘だと思うなら試しにやって見るがよろしい。陰士はめり安をぐるぐる首っ環（たま）へ捲（ま）きつけた。その次はどうするかと思うと主人の紬の上着を大風呂敷のように拡げてこれに細君の帯と主人の羽織と繻絆とその他あらゆる雑物を奇麗に畳んでくるみ込む。その熟練と器用なやり口にもちょっと感心した。それから細君の帯上げとしごきとを続（つ）ぎ合わせてこの包みを括って片手にさげる。まだ頂戴するものは無いかなと、あたりを見廻していたが、主人の頭の先に「朝日」の袋があるのを見付けて、ちょっと袂へ投げ込む。またその袋の中から一本出してランプに翳して火を点ける。旨まそうに深く吸って吐き出した煙りが、乳色のホヤを繞（めぐ）ってまだ消えぬ間に、陰士の足音は椽側を次第に遠のいて聞えなくなった。主人夫婦は依然として熟睡している。人間も存外迂闊なものである。

吾輩はまた暫時の休養を要する。のべつに喋舌（しゃべ）っていては身体が続かない。ぐっと寝込んで眼が覚めた時は弥生の空が朗らかに晴れ渡って勝手口に主人夫婦が巡査と対談をしている時であった。

「それでは、ここから這入って寝室の方へ廻ったんですな。あなた方は睡眠中で一向気がつかなかったのですな」

「ええ」と主人は少し極りがわるそうである。

「それで盗難に罹(かか)ったのは何時頃ですか」と巡査は無理な事を聞く。時間が分るくらいなら何にも盗まれる必要はないのである。それに気が付かぬ主人夫婦はしきりにこの質問に対して相談をしている。

「何時頃かな」

「そうですね」と細君は考える。考えれば分ると思っているらしい。

「あなたは夕べ何時に御休みになったんですか」

「俺の寝たのは御前よりあとだ」

「ええ私しの伏せったのは、あなたより前です」

「眼が覚めたのは何時だったかな」

「七時半でしたろう」

「すると盗賊の這入ったのは、何時頃になるかな」

「なんでも夜なかでしょう」

「夜中は分りきっているが、何時頃かと云うんだ」

「たしかなところはよく考えて見ないと分りませんわ」と細君はまだ考えるつもりでいる。巡査はただ形式的に聞いたのであるから、いつ這入ったところが一向痛痒を感じないのである。嘘でも何でも、いい加減な事を答えてくれれば宜いと思っているのに主人夫婦が要領を得ない問答をしているものだから少々焦れたくなったと見えて
「それじゃ盗難の時刻は不明なんですな」と云うと、主人は例のごとき調子で
「まあ、そうですな」と答える。巡査は笑いもせずに

「じゃあね、明治三十八年何月何日戸締りをして寝たところが盗賊が、どこそこの雨戸を外してどこそこに忍び込んで品物を何点盗んで行ったから右告訴及候也（こくそにおよびそうろうなり）という書面をお出しなさい。届ではない告訴です。名宛はない方がいい」

「品物は一々かくんですか」

「ええ羽織何点代価いくらと云う風に表にして出すんです。――いや這入って見たって仕方がない。

盗られたあとなんだから」と平気な事を云って帰って行く。

主人は筆硯を座敷の真中へ持ち出して、細君を前に呼びつけて「これから盗難告訴をかくから、盗られたものを一々云え。さあ云え」とあたかも喧嘩でもするような口調で云う。

「あら厭（いや）だ、さあ云えだなんて、そんな権柄ずくで誰が云うもんですか」と細帯を巻き付けたままどっかと腰を据える。

「その風はなんだ、宿場女郎の出来損い見たようだ。なぜ帯をしめて出て来ん」

「これで悪るければ買って下さい。宿場女郎でも何でも盗られりゃ仕方がないじゃありませんか」

「帯までとって行ったのか、苛（ひど）い奴だ。それじゃ帯から書き付けてやろう。帯はどんな帯だ」

「どんな帯って、そんなに何本もあるもんですか、黒繻子（じゅす）と縮緬の腹合せの帯です」

「黒繻子と縮緬の腹合せの帯一筋――価はいくら

くらいだ」

「六円くらいでしょう」

「生意気に高い帯をしめてるな。今度から一円五十銭くらいのにしておけ」

「そんな帯があるものですか。それだからあなたは不人情だと云うんです。女房なんどは、どんな汚ない風をしていても、自分さい宜けりゃ、構わないんでしょう」

「まあいいや、それから何だ」

「糸織の羽織です、あれは河野の叔母さんの形見にもらったんで、同じ糸織でも今の糸織とは、たちが違います」

「そんな講釈は聞かんでもいい。値段はいくらだ」

「十五円」

「十五円の羽織を着るなんて身分不相当だ」

「いいじゃありませんか、あなたに買っていただきゃあしまいし」

「その次は何だ」

「黒足袋が一足」

「御前のか」

「あなたんでさあね。代価が二十七銭」

「それから?」

「山の芋が一箱」

「山の芋まで持って行ったのか。煮て食うつもりか、とろろ汁にするつもりか」

「どうするつもりか知りません。泥棒のところへ行って聞いていらっしゃい」

「いくらするか」

「山の芋のねだんまでは知りません」

「そんなら十二円五十銭くらいにしておこう」

「馬鹿馬鹿しいじゃありませんか、いくら唐津から掘って来たって山の芋が十二円五十銭してたまるもんですか」

「しかし御前は知らんと云うじゃないか」

「知りませんわ、知りませんが十二円五十銭なんて法外ですもの」

「知らんけれども十二円五十銭は法外だとは何だ。まるで論理に合わん。それだから貴様はオタンチン・パレオロガスだと云うんだ」

「何ですって」

「オタンチン・パレオロガスだよ」

「何ですそのオタンチン・パレオロガスって云うのは」

「何でもいい。それからあとは――俺の着物は一向出て来んじゃないか」

「あとは何でも宜うござんす。オタンチン・パレオロガスの意味を聞かして頂戴」

「意味も何にもあるもんか」

「教えて下すってもいいじゃありませんか、あなたはよっぽど私を馬鹿にしていらっしゃるのね。きっと人が英語を知らないと思って悪口をおっしゃったんだよ」

「愚な事を言わんで、早くあとを云うが好い。早く告訴をせんと品物が返らんぞ」

「どうせ今から告訴をしたって間に合いやしません。それよりか、オタンチン・パレオロガスを教えて頂戴」

「うるさい女だな、意味も何にも無いと云うに」

「そんなら、品物の方もあとはありません」

「頑愚だな。それでは勝手にするがいい。俺はもう盗難告訴を書いてやらんから」

「私も品数を教えて上げません。告訴はあなたが御自分でなさるんですから、私は書いていただかないでも困りません」

「それじゃ廃そう」と主人は例のごとくふいと立って書斎へ這入る。細君は茶の間へ引き下がって針箱の前へ坐る。両人共十分間ばかりは何にもせずに黙って障子を睨め付けている。

ところへ威勢よく玄関をあけて、山の芋の寄贈者多々良三平君が上ってくる。多々良三平君はもとこの家の書生であったが今では法科大学を卒業してある会社の鉱山部に雇われている。これも実業家の芽生で、鈴木藤十郎君の後進生である。三平君は以前の関係から時々旧先生の草盧（そうろ）を訪問して日曜などには一日遊んで帰るくらい、この家族とは遠慮のない間柄である。

「奥さん。よか天気でござります」と唐津訛りか何かで細君の前にズボンのまま立て膝をつく。

「おや多々良さん」

「先生はどこぞ出なすったか」

「いいえ書斎にいます」

「奥さん、先生のごと勉強しなさると毒ですばい。たまの日曜だもの、あなた」

「わたしに言っても駄目だから、あなたが先生にそうおっしゃい」

「そればってんが……」と言い掛けた三平君は座敷中を見廻わして「今日は御嬢さんも見えんな」と半分妻君に聞いているや否や次の間からとん子とすん子が馳け出して来る。

「多々良さん、今日は御寿司を持って来て？」と姉

のとん子は先日の約束を覚えていて、三平君の顔を見るや否や催促する。多々良君は頭を掻きながら

「よう覚えているのう、この次はきっと持って来ます。今日は忘れた」と白状する。

「いやーだ」と姉が云うと妹もすぐ真似をして「いやーだ」とつける。細君はようやく御機嫌が直って少々笑顔になる。

「寿司は持って来んが、山の芋は上げたろう。御

嬢さん喰べなさったか」

「山の芋ってなあに？」と姉がきくと妹が今度もまた真似をして「山の芋ってなあに？」と三平君に尋ねる。

「まだ食いなさらんか、早く御母あさんに煮て御貰い。唐津の山の芋は東京のとは違ってうまかあ」と三平君が国自慢をすると、細君はようやく気が付いて

「多々良さんせんだっては御親切に沢山ありがと

う」

「どうです、喰べて見なすったか、折れんように箱を誂らえて堅くつめて来たから、長いままでありましたろう」

「ところがせっかく下すった山の芋を夕べ泥棒に取られてしまって」

「ぬす盗（と）が？　馬鹿な奴ですなあ。そげん山の芋の好きな男がおりますか？」と三平君大に感心している。

「御母あさま、夕べ泥棒が這入ったの？」と姉が尋ねる。

「ええ」と細君は軽く答える。

「泥棒が這入って――そうして――泥棒が這入って――どんな顔をして這入ったの？」と今度は妹が聞く。この奇問には細君も何と答えてよいか分らんので

「恐い顔をして這入りました」と返事をして多々良君の方を見る。

「恐い顔って多々良さん見たような顔なの」と姉が気の毒そうにもなく、押し返して聞く。

「何ですね。そんな失礼な事を」

「ハハハハ私の顔はそんなに恐いですか。困ったな」と頭を掻く。多々良君の頭の後部には直径一寸ばかりの禿がある。一カ月前から出来だして医者に見て貰ったが、まだ容易に癒（なお）りそうもない。この禿を第一番に見付けたのは姉のとん子である。

「あら多々良さんの頭は御母さまのように光(ひ)かってよ」

「だまっていらっしゃいと云うのに」

「御母あさま夕べの泥棒の頭も光かってて」とこれは妹の質問である。細君と多々良君とは思わず吹き出したが、あまり煩わしくて話も何も出来ぬので「さあさあ御前さん達は少し御庭へ出て御遊びなさい。今に御母あさまが好い御菓子を上げるから」と細君はようやく子供を追いやって

「多々良さんの頭はどうしたの」と真面目に聞いて見る。

「虫が食いました。なかなか癒りません。奥さんも有んなさるか」

「やだわ、虫が食うなんて、そりゃ髷で釣るところは女だから少しは禿げますさ」

「禿はみんなバクテリヤですばい」

「わたしのはバクテリヤじゃありません」

「そりゃ奥さん意地張りたい」

「何でもバクテリヤじゃありません。しかし英語で禿の事を何とか云うでしょう」

「禿はボールドとか云います」

「いいえ、それじゃないの、もっと長い名があるでしょう」

「先生に聞いたら、すぐわかりましょう」

「先生はどうしても教えて下さらないから、あなたに聞くんです」

「私はボールドより知りませんが。長かって、どげんですか」

「オタンチン・パレオロガスと云うんです。オタンチンと云うのが禿と云う字で、パレオロガスが頭なんでしょう」

「そうかも知れませんたい。今に先生の書斎へ行ってウェブスターを引いて調べて上げましょう。しかし先生もよほど変っていなさいますな。この天気の好いのに、うちにじっとして――奥さん、あれじゃ胃病は癒りませんな。ちと上野へでも花見に出掛けなさるごと勧めなさい」

「あなたが連れ出して下さい。先生は女の云う事は決して聞かない人ですから」

「この頃でもジャムを舐めなさるか」

「ええ相変らずです」

「せんだって、先生こぼしていなさいました。どうも妻が俺のジャムの舐め方が烈しいと云って困るが、俺はそんなに舐めるつもりはない。何か勘定違いだろうと云いなさるから、そりゃ御嬢さんや奥さんがいっしょに舐めなさるに違ない――」

「いやな多々良さんだ、何だってそんな事を云うんです」

「しかし奥さんだって舐めそうな顔をしていなさるばい」

「顔でそんな事がどうして分ります」

「分らんばってんが――それじゃ奥さん少しも舐めなさらんか」

「そりゃ少しは舐めますさ。舐めたって好いじゃありませんか。うちのものだもの」

「ハハハハそうだろうと思った——しかし本の事、泥棒は飛んだ災難でしたな。山の芋ばかり持って行(い)ったのですか」

「山の芋ばかりなら困りゃしませんが、不断着をみんな取って行きました」

「早速困りますすか。また借金をしなければならんですか。この猫が犬ならよかったに——惜しい事をしたなあ。奥さん犬の大(ふと)か奴を是非一丁飼いなさい。――猫は駄目ですばい、飯を食うばかりで――ちっとは鼠でも捕りますか」

「一匹もとった事はありません。本当に横着な図々図々（ずうずう）しい猫ですよ」

「いやそりゃ、どうもこうもならん。早々棄てなさい。私が貰って行って煮て食おうか知らん」

「あら、多々良さんは猫を食べるの」

「食いました。猫は旨（うも）うござります」

「随分豪傑ね」

下等な書生のうちには猫を食うような野蛮人があるある由はかねて伝聞したが、吾輩が平生眷顧（けんこ）を辱（かたじけの）うする多々良君その人もまたこの同類ならんとは今が今まで夢にも知らなかった。いわんや同君はすでに書生ではない、卒業の日は浅きにも係わらず堂々たる一個の法学士で、六つ井物産会社の役員であるのだから吾輩の驚愕もまた一と通りではない。人を見たら泥棒と思えと云う格言は寒月第二世の行為によってすでに証拠立てられたが、人を見たら猫食いと思えとは吾輩も多々良君の御蔭によって始めて感得した真理である。世に住めば事を知る、事を知るは嬉しいが日に日に危険が多くて、日に日に油断がならなくなる。狡猾になるのも卑劣になるのも表裏二枚合せの護身服を着けるのも皆事を知るの結果であって、事を知るのは年を取るの罪である。老人に碌なものがいないのはこの理だな、吾輩などもあるいは今のうちに多々良君の鍋の中で玉葱と共に成仏する方が得策かも知れんと考えて隅の方に小さくなっていると、最前細君と喧嘩をして一反書斎へ引き上げた主人は、多々良君の声を聞きつけて、のそのそ茶の間へ出てくる。

「先生泥棒に逢いなさったそうですな。なんちゅ愚な事です」と劈頭一番にやり込める。

「這入る奴が愚なんだ」と主人はどこまでも賢人をもって自任している。

「這入る方も愚だばってんが、取られた方もあまり賢こくはなかごたる」

「何にも取られるものの無い多々良さんのようなのが一番賢こいんでしょう」と細君が此度は良人の肩を持つ。

「しかし一番愚なのはこの猫ですばい。ほんにまあ、どう云う了見じゃろう。鼠は捕らず泥棒が来ても知らん顔をしている。――先生この猫を私にくんなさらんか。こうしておいたっちゃ何の役にも立ちませんばい」

「やっても好い。何にするんだ」

「煮て喰べます」

　主人は猛烈なるこの一言を聞いて、うふと気味の悪い胃弱性の笑を洩らしたが、別段の返事もしないので、多々良君も是非食いたいとも云わなかったのは吾輩にとって望外の幸福である。主人はやがて話頭を転じて、

「猫はどうでも好いが、着物をとられたので寒くていかん」と大に銷沈（しょうちん）の体（てい）であ

る。なるほど寒いはずである。昨日までは綿入を二枚重ねていたのに今日は袷に半袖のシャツだけで、朝から運動もせず枯坐（こざ）したぎりであるから、不充分な血液はことごとく胃のために働いて手足の方へは少しも巡回して来ない。

「先生教師などをしておったたちゃ到底あかんですばい。ちょっと泥棒に逢っても、すぐ困る――一丁今から考を換えて実業家にでもなんなさらんか」

「先生は実業家は嫌だから、そんな事を言ったって駄目よ」

　と細君が傍から多々良君に返事をする。細君は無論実業家になって貰いたいのである。

「先生学校を卒業して何年になんなさるか」

「今年で九年目でしょう」と細君は主人を顧みる。主人はそうだとも、そうで無いとも云わない。

「九年立っても月給は上がらず。いくら勉強しても人は褒めちゃくれず、郎君独寂寞（ろうくんひとりせきばく）ですたい」と中学時代で覚えた詩の句を細君のために朗吟すると、細君はちょっと分りかねたものだから返事をしない。

「教師は無論嫌だが、実業家はなお嫌いだ」と主人は何が好きだか心の裏（うち）で考えているらしい。

「先生は何でも嫌なんだから……」

「嫌でないのは奥さんだけですか」と多々良君柄に似合わぬ冗談を云う。

「一番嫌だ」主人の返事はもっとも簡明である。細君は横を向いてちょっと澄したが再び主人の方を

見て、

「生きていらっしゃるのも御嫌なんでしょう」と充分主人を凹ましたつもりで云う。

「あまり好いてはおらん」と存外呑気な返事をする。これでは手のつけようがない。

「先生ちっと活溌に散歩でもしなさらんと、からだを壊してしまいますばい。――そうして実業家になんなさい。金なんか儲けるのは、ほんに造作もない事でござります」

「少しも儲けもせん癖に」

「まだあなた、去年やっと会社へ這入ったばかりですもの。それでも先生より貯蓄があります」

「どのくらい貯蓄したの？」と細君は熱心に聞く。

「もう五十円になります」

「一体あなたの月給はどのくらいなの」これも細君の質問である。

「三十円ですたい。その内を毎月五円宛（ずつ）会社の方で預って積んでおいて、いざと云う時にやります。――奥さん小遣銭で外濠線の株を少し買いなさらんか、今から三四個月すると倍になります。ほんに少し金さえあれば、すぐ二倍にでも三倍にでもなります」

「そんな御金があれば泥棒に逢ったって困りゃしないわ」

「それだから実業家に限ると云うんです。先生も法科でもやって会社か銀行へでも出なされば、今頃は月に三四百円の収入はありますのに、惜しい事でござんしたな。——先生あの鈴木藤十郎と云う工学士を知ってなさるか」

「うん昨日来た」

「そうでござんすか、せんだってある宴会で逢いました時先生の御話をしたら、そうか君は苦沙弥君のところの書生をしていたのか、僕も苦沙弥君とは昔し小石川の寺でいっしょに自炊をしておった事がある、今度行ったら宜しく云うてくれ、僕もその内尋ねるからと云っていました」

「近頃東京へ来たそうだな」

「ええ今まで九州の炭坑におりましたが、こないだ東京詰になりました。なかなか旨いです。私なぞにでも朋友のように話します。――先生あの男がいくら貰ってると思いなさる」

「知らん」

「月給が二百五十円で盆暮に配当がつきますから、何でも平均四五百円になりますすばい。あげな男が、よかしこ取っておるのに、先生はリーダー専門で十年一狐裘（こきゅう）じゃ馬鹿気ておりますなあ」

「実際馬鹿気ているな」と主人のような超然主義の人でも金銭の観念は普通の人間と異なるところはない。否困窮するだけに人一倍金が欲しいのかも知れない。多々良君は充分実業家の利益を吹聴してもう云う事が無くなったものだから

「奥さん、先生のところへ水島寒月と云う人が来ますか」

「ええ、善くいらっしゃいます」

「どげんな人物ですか」

「大変学問の出来る方だそうです」

「好男子ですか」

「ホホホホ多々良さんくらいなものでしょう」

「そうですか、私くらいなものですか」と多々良君真面目である。

「どうして寒月の名を知っているのかい」と主人が聞く。

「せんだって或る人から頼まれました。そんな事を聞くだけの価値のある人物でしょうか」多々良君は聞かぬ先からすでに寒月以上に構えている。

「君よりよほどえらい男だ」

「そうでございますか、私よりえらいですか」と笑いもせず怒りもせぬ。これが多々良君の特色である。

「近々博士になりますか」

「今論文を書いてるそうだ」

「やっぱり馬鹿ですな。博士論文をかくなんて、もう少し話せる人物かと思ったら」

「相変らず、「えらい見識ですね」と細君が笑いながら云う。

「博士になったら、だれとかの娘をやるとかやらんとか云うていましたから、そんな馬鹿があろうか、娘を貰うために博士になるなんて、そんな人物にくれるより僕にくれる方がよほどましだと云ってやりました」

「だれに」

「私に水島の事を聞いてくれと頼んだ男です」

「鈴木じゃないか」

「いいえ、あの人にゃ、まだそんな事は云い切りません。向うは大頭ですから」

「多々良さんは蔭弁慶ね。うちへなんぞ来ちゃ大変威張っても鈴木さんなどの前へ出ると小さくなってるんでしょう」

「ええ。そうせんと、あぶないです」

「多々良、散歩をしようか」と突然主人が云う。先刻から袷一枚であまり寒いので少し運動でもしたら暖かになるだろうと云う考から主人はこの先例のない動議を呈出したのである。行き当りばったりの多々良君は無論逡巡する訳がない。

「行きましょう。上野にしますか。芋坂へ行って団子を食いましょうか。先生あすこの団子を食った事がありますか。奥さん一返行って食って御覧。柔らかくて安いです。酒も飲ませます」と例によって秩序のない駄弁を揮ってるうちに主人はもう帽子を被って沓脱へ下りる。

　吾輩はまた少々休養を要する。主人と多々良君が上野公園でどんな真似をして、芋坂で団子を幾皿食ったかその辺の逸事は探偵の必要もなし、また尾行する勇気もないからずっと略してその間休養せんければならん。休養は万物の旻天（びんてん）から要求してしかるべき権利である。この世に生息すべき義務を有して蠢動する者は、生息の義務を果すために休養を得ねばならぬ。もし神ありて汝は働くために生れたり寝るために生れたるに非ずと云わば吾輩はこれに答えて云わん、吾輩は仰せのごとく働くために生れたり故に働くために休養を乞うと。主人のごとく器械に不平を吹き込んだままでの木強漢ですら、時々は日曜以外に自弁休養をやるではないか。多感多恨にして日夜心神を労する吾輩ごとき者は仮令（たとい）猫といえども主人以上に休養を要するは勿論の事である。ただ先刻多々良君が吾輩を目して休養以外に何等の能もない贅物のごとくに罵ったのは少々気掛りである。とかく物象にのみ使役せらるる俗人は、五感の刺激以外に何等の活動もないので、他を評価するのでも形骸以外に渉らんのは厄介である。何でも尻でも端折って、汗でも出さないと働らいていないように考えている。達磨と云う坊さんは足の腐るまで座禅をして澄ましていたと云うが、仮令壁の隙から蔦が這い込んで大師の眼口を塞ぐまで動かないにしろ、寝ているんでも死んでいるんでもない。頭の中は常に活動して、廓然無聖（かくねんむしょう）などと乙な理窟を考え込んでいる。儒家にも静坐の工夫と云うのがあるそうだ。これだって一室の中に閑居して安閑と躄（いざり）の修行をするのではない。脳中の活力は人一倍熾（さかん）に燃えている。ただ外見上は至極沈静端粛の態であるから、天下の凡眼はこれらの知識巨匠をもって昏睡仮死の庸人（ようじん）と見做して無用の長物とか穀潰しとか入らざる誹謗の声を立てるのである。これらの凡眼は皆形を見て心を見ざる不具なる視覚を有して生れついた者で、――しかも彼（かか）の多々良三平君のごときは形を見て心を見ざる第一流の人物であるから、この三平君が吾輩を目して乾屎橛（かんしけつ）同等に心得るのももっともだが、恨むらくは少しく古今の書籍を読んで、やや事物の真相を解し得たる主人までが、浅薄なる三平君に一も二もなく同意して、猫鍋に故障を挟む景色のない事である。しかし一歩退いて考えて見ると、かくまでに彼等が吾輩を軽蔑するのも、あながち無理ではない。大声は俚耳（りじ）に入らず、陽春白雪の詩には和するもの少なしの喩も古い昔からある事だ。形体以外の活動を見る能わざる者に向って己霊（これい）の光輝を見よと強ゆるは、坊主に髪を結えと逼るがごとく、鮪に演説をして見ろと云うがごとく、電鉄に脱線を要求するがごとく、主人に辞職を勧告するごとく、三平に金の事を考えるなと云うがごときものである。必竟（ひっきょう）無理な注文に過ぎん。しかしながら猫といえども社会的動物である。社会的動物である以上はいかに高く自ら標置するとも、或る程度までは社会と調和して行かねばならん。主人や細君や乃至（ないし）御さん、三平連（づれ）が吾輩を吾輩相当に評価してくれんのは残念ながら致し方がないとして、不明の結果皮を剥いで三味線屋に売り飛ばし、肉を刻んで多々良君の膳に上すような無分別をやられては由々しき大事である。吾輩は頭をもって活動すべき天命を受けてこの娑婆に出現したほどの古今来の猫であれば、非常に大事な身体である。千金の子(し)は堂陲(どうすい)に坐せずとの諺もある事なれば、好んで超邁(ちょうまい)を宗として、徒らに吾身の危険を求むるのは単に自己の災なるのみならず、また大いに天意に背く訳である。猛虎も動物園に入れば糞豚の隣りに居を占め、鴻雁も鳥屋に生擒(いけど)

らるれば雛鶏（すうけい）と俎（まないた）を同じゅうす。庸人と相互する以上は下って庸猫（ようびょう）と化せざるべからず。庸猫たらんとすれば鼠を捕らざるべからず。——吾輩はとうとう鼠をとる事に極（き）めた。

せんだってじゅうから日本は露西亜（ロシア）と大戦争をしているそうだ。吾輩は日本の猫だから無論日本贔屓である。出来得べくんば混成猫旅団を組織して露西亜兵を引っ掻いてやりたいと思うくらいである。かくまでに元気旺盛な吾輩の事であるから鼠の一疋や二疋はとろうとする意志さえあれば、寝ていても訳なく捕れる。昔しある人当時有名な禅師に向って、どうしたら悟れましょうと聞いたら、猫が鼠を覗（ねら）うようにさしゃれと答えたそうだ。猫が鼠をとるようにとは、かくさえすれば外ずれっこはござらぬと云う意味である。女賢しゅうしてと云う諺はあるが猫賢しゅうして鼠捕り損うと云う格言はまだ無いはずだ。して見ればいかに賢こい吾輩のごときものでも鼠の捕れんはずはあるまい。とれんはずはあるまいどころか捕り損うはずはあるまい。今まで捕らんのは、捕りたくないからの事さ。春の日はきのうのごとく暮れて、折々の風に誘わるる花吹雪が台所の腰障子の破れから飛び込んで手桶の中に浮ぶ影が、薄暗き勝手用のランプの光りに白く見える。今夜こそ大手柄をして、うちじゅう驚かしてやろうと決心した吾輩は、あらかじめ戦場を見廻って地形を飲み込んでおく必要がある。戦闘線は勿論あまり広かろうはずがない。畳数にしたら四畳敷もあろうか、その一畳を仕切って半分は流し、半分は酒屋八百屋の御用を聞く土間である。へっついは貧乏勝手に似合わぬ立派な者で赤の銅壺がぴかぴかして、後ろは羽目板の間を二尺遺して吾輩の鮑貝の所在地である。茶の間に近き六尺は膳椀皿小鉢を入れる戸棚となって狭き台所をいとど狭く仕切って、横に差し出すむき出しの棚とすれすれの高さになっている。その下に摺鉢(すりばち)が仰向けに置かれて、摺鉢の中には小桶の尻が吾輩の方を向いている。大根卸し、摺小木(すりこぎ)が並んで懸けてある傍らに火消壺だけが悄然と控えている。真黒になった榑木の交叉した真中から一本の自在を下ろして、先へは平たい大きな籠をかける。その籠が時々風に揺れて鷹揚に動いている。この籠は何のために釣るすのか、この家へ来たてには一向要領を得なかったが、猫の手の届かぬためわざと食物をここへ入れると云う事を知ってから、人間の意地の悪い事をしみじみ感じた。

これから作戦計画だ。どこで鼠と戦争するかと云えば無論鼠の出る所でなければならぬ。いかにこっちに便宜な地形だからと云って一人で待ち構えていてはてんで戦争にならん。ここにおいてか鼠の出口を研究する必要が生ずる。どの方面から来るかなと台所の真中に立って四方を見廻わす。何だか東郷大将のような心持がする。下女はさっき湯に行って戻って来ん。小供はとくに寝ている。主人は芋坂の団子を喰って帰って来て相変らず書斎に引き籠っている。細君は――細君は何をしているか知らない。大方居眠りをして山芋の夢でも見ているのだろう。時々門前を人力が通るが、通り過ぎた後は一段と淋しい。わが決心と云い、わが意気と云い台所の光景と云い、四辺の寂寞と云い、全体の感じが悉く悲壮である。どうしても猫中の東郷大将としか思われない。こう云う境界（きょうがい）に入ると物凄い内に一種の愉快を覚えるのは誰しも同じ事であるが、吾輩はこの愉快の底に一大心配が横（よこた）わっているのを発見した。鼠と戦争をするのは覚悟の前だから何疋来ても恐くはないが、出てくる方面が明瞭でないのは不都合である。周密なる観察から得た材料を綜合して見ると鼠賊（そぞく）の逸出するのには三つの行路がある。彼れらがもしどぶ鼠であるならば土管を沿うて流しから、へっついの裏手へ廻るに相違ない。その時は火消壺の影に隠れて、帰り道を絶ってやる。あるいは溝へ湯を抜く漆喰の穴より風呂場を迂回して勝手へ不意に飛び出すかも知れない。そうしたら釜の蓋の上に陣取って眼の下に来た時上から飛び下りて一攫みにする。それからとまたあたりを見廻すと戸棚の戸の右の下隅が半月形に喰い破られて、彼等の出入に便なるかの疑がある。鼻を付けて臭（か）いで見ると少々鼠臭い。もしここから吶喊（とっかん）して出たら、柱を楯にやり過ごしておいて、横合からあっと爪をかける。もし天井から来たらと上を仰ぐと真黒な煤がランプの光で輝やいて、地獄を裏返しに釣るしたごとくちょっと吾輩の手際では上る事も、下る事も出来ん。まさかあんな高い処から落ちてくる事もなかろうからとこの方面だけは警戒を解く事にする。それにしても三方から攻撃される懸念がある。一口なら片眼でも退治して見せる。二口ならどうにか、こうにかやってのける自信がある。しかし三口となるといかに本能的に鼠を捕るべく予期せらるる吾輩も手の付けようがない。されぱと云って車屋の黒ごときものを助勢に頼んでくるのも吾輩の威厳に関する。どうしたら好かろう。どうしたら好かろうと考えて好い智慧が出ない時は、そんな事は起る気遣はないと決めるのが一番安心を得る近道である。また法のつかない者は起らないと考えたくなるものである。まず世間を見渡して見給え。きのう貰った花嫁も今日死なんとも限らんではないか、しかし聟殿は玉椿千代も八千代もなど、おめでたい事を並べて心配らしい顔もせんではないか。心配せんのは、心配する価値がないからではない。いくら心配したって法が付かんからである。吾輩の場合でも三面攻撃は必ず起らぬと断言すべき相当の論拠はないのであるが、起らぬとする方が安心を得るに便利である。安心は万物に必要である。吾輩も安心を欲する。よって三面攻撃は起らぬと極める。

それでもまだ心配が取れぬから、どう云うものかとだんだん考えて見るとようやく分った。三個の計略のうちいずれを選んだのがもっとも得策であるかの問題に対して、自ら明瞭なる答弁を得るに苦しむからの煩悶である。戸棚から出るときには吾輩これに応ずる策がある、風呂場から現われる時はこれに対する計り事がある、また流しから這い上るときはこれを迎うる成算もあるが、そのうちどれか一つに極めねばならぬとなると大に当惑する。東郷大将はバルチック艦隊が対馬海峡を通るか、津軽海峡へ出るか、あるいは遠く宗谷海峡を廻るかについて大に心配されたそうだが、今吾輩が吾輩自身の境遇から想像して見て、ご困却の段実に御察し申す。吾輩は全体の状況において東郷閣下に似ているのみならず、この格段なる地位においてもまた東郷閣下とよく苦心を同じゅうする者である。

吾輩がかく夢中になって智謀をめぐらしている

と、突然破れた腰障子が開いて御三の顔がぬうと出る。顔だけ出ると云うのは、手足がないと云う訳ではない。ほかの部分は夜目でよく見えんのに、顔だけが著るしく強い色をして判然眸底（ぼうてい）に落つるからである。御三はその平常より赤き頬をますます赤くして洗湯から帰ったついでに、昨夜に懲りてか、早くから勝手の戸締をする。書斎で主人が俺のステッキを枕元へ出しておけと云う声が聞える。何のために枕頭にステッキを飾るのか吾輩には分らなかった。まさか易水（えきすい）の壮士を気取って、竜鳴（りゅうめい）を聞こうと云う酔狂でもあるまい。きのうは山の芋、今日はステッキ、明日は何になるだろう。

夜はまだ浅い鼠はなかなか出そうにない。吾輩は大戦の前に一と休養を要する。

主人の勝手には引窓がない。座敷なら欄間と云うような所が幅一尺ほど切り抜かれて夏冬吹き通しに引窓の代理を勤めている。惜し気もなく散る彼岸桜を誘うて、颯と吹き込む風に驚ろいて眼を覚ますと、朧月さえいつの間に差してか、竈(へっつい)の影は斜めに揚板の上にかかる。寝過ごしはせぬかと二三度耳を振って家内の容子を窺うと、しんとして昨夜のごとく柱時計の音のみ聞える。もう鼠の出る時分だ。どこから出るだろう。

底本と表記について

本書は、青空文庫の「吾輩は猫である」を底本とした。表記については、現代仮名遣いを基調としている。ルビについては、小型活字を避けるという、本書の性格上、できるだけ省略し、必要に応じて、（）に入れる形で表示した。

シルバー文庫発刊の辞

21世紀になって、科学はさらに発展を遂げた。日本も、多くのノーベル賞受賞者を輩出していることに見られるように、20世紀来、この発展に大きく寄与してきた。科学の継承発展のために、理系教育に重点が置かれつつある趨勢も、この状況に因るものである。

一方で、文学は停滞しているように思われる。

日本のノーベル文学賞受賞者は、川端康成と大江健三郎の二人の小説家のみであり、詩歌人にいたっては皆無である。しかし、短く設定しても千五百年に及ぶ、日本の文学の歴史は豊饒であり、明治文学だけでも、夏目漱石・森鷗外・与謝野晶子・石川啄木と、個性と普遍性を兼ね備えた、作家・詩歌人は枚挙にいとまがない。

ぺんで舎は、科学と同じように、文学もまた継承発展すべきものと考える。先に挙げた文学者たちの作品をはじめ、今後も読まれるべき文学、あるいはこれから読まれるべき文学を、新しい形で、世に送っていく。その第一弾として、大活字・軽量で親しみやすく、かつ上質な文学シリーズである、シルバー文庫をここに発刊する。

もし現代文学が、停滞どころか巷間囁かれているように衰退しているなら、ぺんで舎が志向するのは、「文学の復権」に他ならない。

ぺんで舎　佐々木 龍

ぺんで舎
Silver
シルバー文庫

シルバー文庫　な1-4
大活字本　吾輩は猫である　2

2021年12月25日　初版第1刷発行

著　者　夏目 漱石
発行者　佐々木 龍
発行所　ぺんで舎
〒750-0078 山口県下関市彦島杉田町1-7-13
TEL/FAX 083-237-9171
印　刷　株式会社吉村印刷
装　幀　Shiealdion

落丁・乱丁本は小社宛へお送りください。送料は小社負担にてお取替え致します。

価格はカバーに表示してあります。
Printed in Japan
ISBN978-4-9911711-6-1　C0193

シルバー文庫の大活字本

坊っちゃん（上）　夏目漱石　定価1100円
坊っちゃん（下）　夏目漱石　定価1100円
走れメロス　太宰　治　定価1650円
杜子春　芥川龍之介　定価1650円
注文の多い料理店　宮澤賢治　定価1650円

定価はすべて10%税込です